EL DUENDE VERDE

ANAYA

1.ª ed., febrero 1988; 2.ª ed., abril 1989
3.ª ed., julio 1993; 4.ª ed., febrero 1995
5.ª ed., julio 1995; 6.ª ed., marzo 1996
7.ª ed., febrero 1998; 8.ª ed., septiembre 1999

Diseño: Taller Universo

ISBN: 84-207-2975-2
Depósito legal: M. 27.599/1999

Impreso en Varoprinter, S. A.
Artesanía, 17
Polígono Industrial de Coslada
28820 Coslada (Madrid)
Impreso en España - Printed in Spain

EL DUENDE VERDE

Jordi Sierra i Fabra

¡¡¡LAMBERTOOO!!!

Ilustración: Javier Serrano

Eh, ¡eh!... espera, no pases esta página. Verás... yo soy el autor. Sí, el que ha escrito todo esto. Déjame que me presente, ¿no? Tranquilo/a, no voy a decirte que me llamo Jordi Sierra i Fabra, que nací en 1947, que estoy loco por la música y que escribo hasta dormido. No hace falta enrollarse tanto, ¿vale? Sí voy a decirte, en cambio, que me alegra estar aquí y hablar contigo. Contigo, sí. Es más, para que esto sea muy personal, entre tú y yo voy a dejar un espacio en blanco para que pongas tu nombre y... ¡mejor aún!: voy a comenzar de nuevo dejando ese espacio en blanco detrás del inicio, y todo perfecto. Así:
Querido/a...:
Te escribo estas líneas para presentar este libro que tienes en las manos. Aunque no te lo creas, yo a ti te conozco. ¿Que no? Yo creo que sí: tienes ojos, nariz, boca, pelos en lo alto de la cabeza, un corazón, un cerebro... ¿ves como te conozco? Tranquilo/a, no voy a decirte que me llamo Jordi Sierra i Fabra, que nací en 1947 y que estoy loco por la música ni que escribo hasta dormido. Te hablaré

sólo de este libro, que nació en el verano de 1987 y que cuenta una simple, divertida y alucinante historia cotidiana, llena de humor, para que te rías (que es lo sano). Es una de esas historias que nos pasan a ti y a mí a veces, sin quererlo, ¡porque, hay que ver la de líos en los que nos metemos sin proponérnoslo!

¿Y quién soy yo? Bueno, tal vez te interese saber que soy un chaval de mucho pelo y mucha barba, que viene del mundo del rock más que del literario he escrito decenas de biografías de artistas y también la Historia de la Música Rock, la primera, «of course». Mis mejores amigos son músicos. En 20 años de rollo he conocido a todo quisque. Todos, sí. Di un nombre y seguro que he estado con él, ella o ellos en alguna ocasión, desde Bruce Springsteen a Bowie pasando por Madonna o... bueno, imagínate, años 60, años 70, años 80... ¿Qué quiero decirte con esto? Simplemente que estoy en tu onda, y que los años no importan. Sólo importa lo que se siente. Espero que este libro nos haga sentir juntos un montón de emociones. Eso es todo. Un abrazo.

*A Eduardo, Montse, Noemi,
Rubén y Loida, por estar
siempre ahí, cerca.*

1

EN realidad aquel día tenía que haber sido muy distinto.

Tanto y tanto, que a Lamberto no le quedó la menor duda, después de analizarlo todo detenidamente, de que la culpa, muchísimo más que la mala suerte, era de la tele.

Bueno, mejor dicho, de la avería de la tele.

¡Vaya forma de empezar unas vacaciones de Navidad! Eran las siete de la tarde cuando el dichoso aparato hizo:

—Pffff...! pffff... zzzz...! —y luego—: ¡Plof!

Así se quedó.

Lamberto no tuvo más remedio que irse a su habitación, aburrido, mientras su madre llamaba al servicio urgente de reparaciones, donde le dijeron que había cola y se lo tomase con calma. El rumor de la amargura de Lamberto se expandió por todos los rincones de su ser.

Y es que las vacaciones de Navidad no podían presentarse peor. Primero la inoportuna gripe de Sebas, su mejor amigo. Estaba fuera de combate. Luego lo de Paco y lo de Jaime. Paco se iba a pasar

las navidades a casa de sus abuelos, que vivían en Barcelona y Jaime tenía que irse con sus padres al apartamento que habían comprado en la Costa Brava. Un vago intento de ser invitado fue repentinamente cortado por los padres de Jaime, que recordaron —¡hay que ver qué memoria tienen los mayores!— el fin de semana que pasó con ellos en agosto —¡o sea hacía muchísimo tiempo!—. ¿Qué culpa tuvo él de dejarse el grifo de la bañera abierto y de que se inundara el piso de abajo? Esas cosas le pasan a todo el mundo. Y lo de la batalla de tubos de pasta de dientes... ¡Bueno, ni siquiera se dieron cuenta de que había pasta por todas partes! En cuanto a lo de olvidarse el reloj y llegar tres horas tarde, cuando ya la guardia civil se disponía a peinar la zona para buscarlos...

En fin, ¿para qué recordarlo? Lo cierto es que el grupo estaba deshecho y que las vacaciones llevaban traza de ser muy aburridas. Y ahora lo de la tele.

Lamberto comenzó a pensar que le perseguía un mal hado.

Porque a su padre tampoco le sentaron nada bien el par de cates de la última evaluación, y eso sí era peligroso teniendo encima la Navidad y los Reyes. Su padre le dijo a mediodía:

—¿Tú qué quieres, matarme a disgustos?

Pensó si matar a un padre a disgustos era lo mismo que dispararle una flecha o algo así, y no estuvo seguro de si la policía le detendría por ello.

—No —reconoció sinceramente.

—Pues entonces, a ver qué hacemos ¿eh? Mira que tengo la mosca más arriba de la nariz.

Eso sí era lógico, porque su padre era calvo y presentaba una maravillosa pista de aterrizaje dedicada al interés de las moscas coronando su persona.

Total, que puestas así las cosas, sólo le faltaba la tele estropeada.

Desde el centro de su habitación miró las cuatro paredes, atestadas de estantes atestados de cosas amontonadas atestadas de polvo, porque la mujer de la limpieza se había negado a entrar allí dentro —la leonera lo llamaba ella— hasta que él mismo lo arreglara un poco. ¿Qué hacer? Menuda perspectiva. ¿Los juegos? Recordaba haber jugado un millón de veces con cada uno. ¿Los tebeos? Se los sabía de memoria. ¿Los libros? Sí pero... en fin, que no era su mayor alegría en un momento como aquél.

Y a pesar de ello cogió algunos volúmenes. Nunca llegó a saber qué le atrajo a hacerlo, qué misteriosa fuerza le empujó. Cogió los de la estantería de arriba, que eran los más antiguos, de cuando era un crío y, por tanto, los que menos recordaba. Fue de esta forma como empezó a mirar ilustraciones y acabó enfrascado en la lectura de los pies de las mismas, que más o menos seguían el hilo de la historia.

Primero, las aventuras de Robin Hood, el bandido que les quitaba las cosas a los ricos para dárselas a los pobres. Segundo, la vida de San Francisco de Asís, que siendo hijo de acaudalados comerciantes lo abandonó todo a los veinticinco años y dedicó su existencia a los animales y a hacer el bien. Y tercero, sin duda el más singular, se encontró con una especie de manual de los «boy scouts» —ese, la verdad, ni siquiera sabía que lo tenía— y que incluía datos de su fundador, Lord Robert Baden-Powell.

El no sabía que su vida estaba a punto de cambiar, pero cuando cerró el libro de los «boy scouts», dijo suspirando:

—¡Pensar que hay gente como ésta, que se dedica a hacer esa clase de cosas así... por la cara, sin más!

Aquella noche, y nunca se sabrá si eso tuvo o no relación con los sucesos del extraordinario día siguiente, Lamberto soñó que era un ser excepcional, querido, respetado y admirado por sus amigos y convecinos, debido a sus excelentes dotes humanitarias. Su lema era: «Haz el bien y no mires a quién.» Nada de hacer una sola buena acción diaria. ¿Por qué limitarse? Era un cruce de justiciero, como Hood, de santo, como el de Asís, y de «boy scout», pero muchísimo más decidido y dispuesto.

El nuevo Lamberto Peñaranda se levantó por la mañana sintiéndose diferente. Hasta le pareció que la imagen que le devolvía el espejo del baño no tenía nada que ver con la del día anterior.

Y sólo le faltó que nada más salir de su habitación, le sucedieran aquellas dos cosas tan extraordinarias.

2

L̲AMBERTO tenía un hermano y una hermana mayores que él.

Y por supuesto, como todos los hermanos y her-
manas mayores de sus amigos, eran insoportables.

A veces se horrorizaba viendo a Lidia, y oyéndola.
Estaba muy claro que todas las chicas eran tontas,
pero de que su hermana se llevaba la palma no
tenía la menor duda. ¡Y lo asombroso es que los
chicos la encontraban guapa!

Lamberto se estremecía.

Lidia no hacía más que pensar en chicos, y en
su atractivo personal. Se enamoraba a-pa-sio-na-
da-men-te cada dos por tres, y entonces era la
representación de la duda. Se sentía gorda, con
demasiada cadera, demasiado pecho, demasiados
pies, demasiada nariz, demasiado... Todo demasiado menos su cerebro, por supuesto, que para Lamberto no ofrecía mayor envergadura que el de un
mosquito.

Su mayor esperanza pasaba por el hecho de que
con dieciocho años, Lidia ya no tardaría mucho en
casarse. Pero... ¡si ya casi era una vieja!

Eso acabaría con el problema.

Fede, un año mayor que Lidia, era distinto.

Su hermano se las daba de atleta, y total porque jugaba en un equipo de fútbol aficionado. Iba por la vida de «dandy» presumido, impecable, con su cabello cortito, su ropa tope moderna y sus opiniones llenas de sentencias. Pretendía entender de todo y hablaba de cualquier tema con una seguridad tan pretenciosa que a Lamberto le encantaba imitarlo.

La segunda mayor esperanza de su futuro consistía en que Fede ya no tardaría mucho en hacer el petate y vestirse de «quinto».

Pero mientras tanto, los días, las semanas, los meses, se hacían eternos, y cada dos por tres, inexplicablemente, él metía la pata y se organizaban unos ciscos tremendos en casa. Tenía terminantemente prohibido entrar en las habitaciones de Lidia y Fede, y es que cuando lo hacía, aunque no tocase nada, aunque sólo metiese la cabeza para ver si ella había puesto «posters» nuevos o él tenía algún trasto curioso, siempre sucedía algo. Y se las cargaba con todo el equipo.

—¿Ese disco? ¿Te refieres a ese disco? Pues... sí, recuerdo haberlo cogido, pero sólo para ver la tapa... bueno, puede, sólo puede, que también lo sacara de la funda. ¿Oírlo? Bueno, puede, sólo puede, que pinchara una canción, más que nada para ver si el disco correspondía a la funda y que luego no te equivocaras... ¿Rayado? ¿Cómo pude haberlo rayado? Bueno, puede, sólo puede, que la aguja se me cayera de la mano, pero... ¿Culpa mía? ¿Estás

insinuando que yo...? ¿Pagarlo...? ¡Es fantástico, fantástico: yo únicamente quería ayudar!

—¿Tu trofeo del torneo de verano? ¿Te refieres a esa copa que te dieron por jugar de reserva y encima quedar vuestro equipo en último lugar...? ¿Cogerla yo...? ¿Cómo que hablo con sarcasmos? Bueno, puede, sólo puede, que entrara para leer la plaquita, ¿es eso malo? ¿Caerse al suelo? ¡Ah, no! Yo la dejé en la mesa ¡Pues habrá habido un terremoto! A veces los hay y no nos damos cuenta... ¿Qué? ¿Mi paga semanal? ¡No es justo, no lo es! ¿Por qué todo lo que sucede aquí debo de hacerlo yo? ¡Qué ganas tengo de que Olvido eche a andar y nos repartamos las culpas!

Olvido era la última «adquisición» familiar. Contaba seis meses de edad.

Obviamente las relaciones con Fede y Lidia no podían ser más distantes, y no era por culpa suya, ¡faltaría más! Él era un fatuo engreído y ella una tonta con cerebro de mosquito.

Aquella mañana sin embargo...

Salió de su habitación y chocó con Lidia en el pasillo. Iba a gritar, asegurando que no era culpa suya, porque sabiendo el intenso tráfico de aquel pasillo él siempre iba por la derecha, cuando su hermana le puso una raqueta de tenis en una mano y una bolsa con pelotas en otra.

Su cerebro trabajó rápido. Fuese lo que fuese, no sabía nada. Ni siquiera había tocado la dichosa raqueta, y ni mucho menos había cogido una sola pelota. ¿Para qué?

Esta vez su hermana fue mucho más rápida.

—Toma, enano —dijo—. A mí ya no me sirven.

Y se fue por el pasillo hasta perderse, dejando a un desconcertado Lamberto, inmóvil, boquiabierto y asombrado.

Así fue como le encontró Fede.

—Ah, estás ahí —dijo deteniéndose a su lado.

Lamberto se vio obligado a reaccionar. Si iba a darle la bronca por lo de la corbata... ¿Cómo podía saber él que aquella cosa estrafalaria del tendedero de ropa era una corbata? Sólo pensó, con toda lógica, que era un fajín ideal para su disfraz de pirata, con aquel intenso color rojo obispo.

Aunque era imposible que...

Fede estaba sacando un montón de monedas de su monedero de bolsillo.

—¡Qué barbaridad! —comentó en voz alta—. No te das cuenta y te van largando metralla, cambio a cambio, hasta que te encuentras con todo esto encima. ¡Y lo que deforma los pantalones! Toma.

Y como tenía las dos manos ocupadas le metió un montón de monedas en el bolsillo de la cazadora.

Luego siguió los pasos de Lidia por el pasillo hasta desaparecer.

Cuando por fin pudo reaccionar, nuevamente en su habitación, al amparo de la seguridad que le proporcionaban sus cuatro paredes, tuvo que pellizcarse para ver si soñaba o no. Una raqueta y catorce pelotas de tenis, y cuatrocientas noventa y cinco pesetas en monedas de cien, cincuenta, veinticinco y cinco pesetas, sobre la cama, le dijeron que no soñaba.

—¡Sopla! —dijo—. Aún no he empezado y ya recibo las recompensas por ser noble y generoso.

3

CUANDO entró en la cocina y se sentó a la mesa para desayunar, su madre estaba, como siempre, yendo de un lado para otro, haciendo una docena de cosas a la vez. Fede engullía más que comía una fuente de tostadas que iba disminuyendo en cantidad a una velocidad alarmante. Antes de que se iniciara la tormenta de casi cada día, la mujer manifestó:

—Ahora te hago más tostadas, Lamberto, no empieces.

—Pero si no he dicho nada —protestó él sintiéndose herido.

Fede, como si lo del pasillo no hubiera existido, le dirigió una mirada cargada de resentimientos.

—Es la costumbre —dijo—. En cuanto tú apareces la gente siempre acaba gritando.

Las palabras de Fede hubieran merecido una cumplida respuesta otro día, pero no aquél. Hasta su madre le miró asombrada ante el súbito silencio que siguió a la observación-provocación de Fede. El nuevo Lamberto, sin embargo, no estaba para pequeñeces. Podía comprender que no todo el mundo es capaz de cambiar de la noche a la mañana, como era su caso. Además, el gesto de su hermano mayor, lo mismo que el de Lidia, revelaban que en el fondo le querían. Y por supuesto no estaba dispuesto a ser menos.

Comenzó a desayunar, y aunque le costó un gran esfuerzo no hacerlo, consiguió no meter baza en la conversación siguiente.

—Bueno Fede, ya me dirás qué he de prepararte para el sábado porque luego no quiero que...

—Calla, calla —la interrumpió el muchacho—. Por unos momentos había conseguido dejar de pensar en ello y ahora tú...

Hizo un gesto de dolor y preocupación.

—Habéis llegado a la final, así que ganéis o perdáis... ya estará bien, ¿no? —repuso la mujer.

—Pero ¿de qué estás hablando? —el horror de Fede se acentuó—. No se trata de ganar o perder, primero hay que jugar ¡jugar! ¿No lo entiendes mamá?

—¿Qué he de entender?

—Pues que en los dos últimos partidos he salido de reserva, en la segunda parte. Eso es lo que has de entender. Si no salgo de titular en esa final... me retiraré. Nada tendrá ya sentido para mí.

Lamberto vio que su hermano dejaba incluso de comer. Eso le demostró que hablaba muy en serio.

—No seas dramático, hijo —aconsejó su madre mientras sorbía una taza de café, recogía nuevas tostadas del tostador y abría la nevera para sacar otra botella de leche, todo ello con sincronizados movimientos producto de una larga experiencia.

—Mamá, ¡es que es dramático! —gritó Fede—. Esta tarde el entrenador hará la alineación definitiva, después del entrenamiento de esta mañana. Puede decirse que me estoy jugando el futuro. ¡Son horas decisivas! Vendrá gente importante a ver esa final, ojeadores de equipos de regional y tercera... ¡Puede ser el día más importante de mi vida!

—Pues esfuérzate al máximo —recomendó ella.

—¡Oh, sí, así de sencillo! Daría lo que tengo, la mitad de mi vida, por salir de titular en ese partido.

Lamberto ya había oído bastante. Se levantó discretamente, sin hacer ruido, aunque cogió media docena de tostadas más y salió de la cocina aprovechando que su madre estaba de espaldas y su hermano sólo tenía noción de sus problemas ante sí.

4

No tenía ningún plan preconcebido, ni para el día ni para poner en marcha su nueva carrera como ser humanitario, pero consideró que, de todas formas, tampoco había que echarse a correr ni tener prisa. La idea de jugar un rato con la raqueta y las pelotas de tenis le atraía poderosamente, y la parte posterior del jardín de la casa se presentaba como el sitio ideal.

Iba a regresar a su habitación y cerca de la salita principal escuchó a su hermana Lidia enfrascada en una apasionante conversación telefónica. En otras circunstancias hubiera pasado de largo, porque las conversaciones telefónicas de Lidia tenían la virtud de ser tan interminables como favorables para él habida cuenta la cara que ponía su padre cuando llegaba el recibo de la compañía. Más de una vez se salvó de una buena gracias a ello, porque su padre desviaba al punto sus iras y las centraba en aquello que más le molestase, que siempre solía ser lo económico.

Esta vez fue diferente.

Una frase de Lidia se le incrustó en el corazón.

—... Marta, deberías saberlo: amar es sufrir.

Y la acompañó, o mejor dicho, la envolvió con un cálido suspiro.

Lamberto se apostó tras la puerta.

—Es que Eduardo Coll es un sueño —decía en ese momento Lidia—. Más de una daría lo que fuese por él.

Al otro lado del hilo telefónico, quien fuese, soltó una larga parrafada, corroborada por Lidia con sentidos monosílabos, todos afirmativos, o con expresiones como «cierto», «tú dirás», «¡mmmm!» y nuevos suspiros, cada vez más románticos.

—Haré lo que sea, lo que sea —dijo Lidia finalizada la gama de adjetivos, monosílabos y suspiros.

Lamberto no quería ser cogido «in fraganti», así que abandonó su refugio una vez convencido de que ya había oído bastante. Se movió como un ladrón, acentuando lo exagerado de su labor de espionaje y retirada, y lo último que escuchó de sus labios fue:

—... esa es la clave, que si él lo supiera todo sería distinto, porque entonces..., pero no está bien que sea la chica la que...

Mientras regresaba a su habitación pensaba que era una tontería, y de las más solemnes. A ver, ¿por qué no podía una chica declararse a un chico? ¿Por qué tenían que ser siempre los chicos los que hiciesen el bobo? La mayoría de chicas esperaba a que se les declarasen sólo para decir que «no», aunque antes hubiesen estado tonteando como locas. Bueno, no es que él tuviese experiencia, porque las chicas, cuanto más lejos, mejor. Aún no había conocido a ninguna que valiese realmente la pena, que tuviese sentido común. Pero la falta de experiencia no significaba que fuese un cretino. No había más que verlas: si hasta parecían escaparates de moda o anuncios de la tele. ¡Qué barbaridad!

Pero ahora todo eso no contaba. Ahora lo importante es que su hermana tenía un problema. Pasase lo que pasase luego, allá ella. Muy bien lo había oído: iba a hacer lo que fuese, y a dar cuanto tuviese, por Eduardo Coll. En otras palabras: su hermana le necesitaba.

Lo mismo que Fede.

—¡Caramba! —comentó en voz alta—. ¡Qué suerte he tenido!

Ni siquiera tendría que salir a la calle a buscar gente a la que ayudar. En su misma casa, bajo su mismo techo, tenía por dónde empezar. Evidentemente el mundo estaba lleno de gente con problemas, y ¿qué mejor que iniciarse y practicar con quienes más lo merecen?

Había algo más.

Una hermana que se desprende de una raqueta de tenis con catorce pelotas, y un hermano que regala, sin pedírselo, sin verse obligado a hacer algo, cualquier clase de recado estúpido para ganarlo, casi quinientas pesetas... bien que merecían su ayuda.

Pero ¿por qué no confiaban en él? ¡Qué asombroso! Claro que ellos aún creían que era el «otro» Lamberto. Bueeeeeno —sonrió de oreja a oreja—, eso cambiaría en un santiamén, cuando les arreglase sus problemas, porque bien mirado... no podía ser más sencillo. Bastaba con echarle un poco de imaginación a cada asunto.

Su madre ya estaba cambiándole los pañales a Olvido, que pataleaba y movía sus bracitos en el aire mientras hacía:

—Gú... gú... ¡gú!

Se olvidó de cuanto ocupaba su mente para colarse dentro. Olvido debía de ser el bebé mejor

guardado del mundo. No le dejaban acercársele por nada, ¡vamos, como si él fuese a...!

—¿Cuándo empezará a caminar? —le preguntó a su madre.

—Al año, más o menos. Tú lo hiciste antes. A los diez meses ya no había quien te detuviera. ¡Menudo eras!

Se hinchó, orgulloso de haber sido un niño precoz. El espectáculo del pedacito de criatura le fascinaba, aunque no quería confesarlo, así que presenció en silencio sus evoluciones. De hecho, todos los críos recién nacidos le parecían iguales, obsoletos, carentes de interés, absolutamente inútiles y tan frágiles que... Pero Olvido era su hermana. Algún día la protegería y la cuidaría. Sería su hermano mayor, y pensaba ejercer de ello, no como Fede y Lidia, aunque ahora, con su generoso corazón tan lleno de buenos sentimientos, les perdonase sinceramente.

—Si a ella la pusisteis Olvido, porque según vosotros te olvidaste de tomar no sé qué píldora, ¿por qué a mí no me pusisteis Descuido, digo yo?

A su madre por poco si no se le cae la niña de los brazos, ya que en ese momento procedía a darle la vuelta.

—¡Qué cosas dices, hijo! —espetó—. ¿Y a ti quién te ha dicho que fuiste... un descuido?

—Fede y Lidia siempre dicen que fui un «error no programado» de lo más lamentable. Además, por eso nos llevamos tantos años ellos y yo.

—Anda, anda, cállate ya y no digas más tonterías, vamos, sal de aquí, ¿quieres?

Le empujó con suavidad en dirección a la puerta. Lamberto se encogió de hombros.

—No, si yo lo decía por lo del nombre. Error o no, estoy aquí. ¡Pero llamarme Lamberto, por mucho que así se llamase el abuelo...! Al menos Descuido tiene gracia, como Olvido. Yo creo que a las personas no se las tendría que bautizar cuando nacen, sino esperar, y así se podría escoger el nombre más adecuado, porque vamos a ver, ¿quién lleva luego el dichoso nombre toda la vida? ¡Uno! Además, cada cual tiene un tipo de cara y...

Su voz y sus pasos se alejaron por el pasillo mientras su madre cerraba los ojos al tiempo que resoplaba, visiblemente abrumada.

—¡Gú! —dijo Olvido.

5

RECOGIÓ la raqueta, que estaba en muy buen estado, y la bolsa con las catorce pelotas viejas y gastadas pero dignas del mejor uso, y salió al jardincito que rodeaba su casa en la urbanización, a las afueras de la pequeña ciudad. Desde que su padre compró la casa las cosas habían cambiado mucho, aunque a veces añoraba el bullicio del centro. Claro que ahora su madre se preocupaba menos de si salía a jugar fuera, y en diez minutos estaba igualmente en el centro.

Pensó que, puesto que su vida iba a cambiar, no tendría nada de extraño que un día llegase a ser el alcalde, o le dedicasen una calle. Mientras sacaba las pelotas de la bolsa escuchó una voz en su mente que decía:

—¡El ayuntamiento de Granollers, a su hijo predilecto, Lamberto Peñaranda!

Sebas, Paco y Jaime, estarían con él, en el consistorio, por supuesto. Construirían un nuevo complejo deportivo y pedirían las Olimpiadas. Eso sería lo más básico. Luego harían que los alrededores fuesen inmensos bosques, salvo en la zona del aeropuerto ¡y el lago! Desde que su padre le llevó a ver el de Banyolas se preguntó por qué Granollers no tenía uno. ¡Con lo fácil que era hacer un agujero en el suelo y llenarlo de agua! ¿En qué habrían estado pensando todos los alcaldes anteriores y el actual?

Luego, por la noche, haría una lista. Ahora iba a jugar al tenis.

La pared posterior de su casa era ideal. Blanca y lisa, y con sólo dos ventanas en la parte alta. No había el menor peligro. Por si eso fuera poco, de la pared a la valla que separaba el jardín propio del jardín vecino, se abría un espacio vacío de casi diez metros, sin flores ni plantas que pudieran hacerse cisco. Perfecto.

Limitándose a jugar tranquilamente, sin brusquedades, sin darle fuerte a las pelotas de tenis, no tenía por qué pasar nada. Seguro.

Cogió la primera pelota y la envió de un golpe a la pared. La pelota rebotó en ella, cayó al suelo, y él le dio un segundo golpe, y un tercero. Se preocupó ligeramente al ver que, con cada pelotazo, en la blanca superficie de la pared quedaba un círculo de color terroso oscuro. No por ello cambió el ritmo. ¿Para qué si no estaba la lluvia? Continuó dando raquetazos, cada vez más fuertes, hasta que se imaginó que estaba en Wimbledon y que la pared era Ivan Lendl.

De pronto envió un «lift» tremendo y el clamor

de los aplausos le ensordeció al tiempo que la pelota pasaba por encima de su cabeza tras dar en la pared. La ovación murió tan súbitamente como había comenzado cuando la bola rebasó limpiamente la valla y fue a parar al jardín del vecino.

Lamberto miró la raqueta, su mano, su brazo poderoso.

—¡Vaya! —dijo admirado—. ¡Y apenas he puesto fuerza en ese golpe!

La realidad se impuso cuando se asomó a la valla y vio en el jardín vecino a Tobías, el perro de don Ubaldo, esperándole junto a la pelota. De sobra sabía Lamberto que aquel maldito chucho parecía estar entrenado exclusivamente para atacarle cuando, por casualidad o accidente, entraba en el jardín de su amo. De hecho el cascarrabias de don Ubaldo no era mejor que su perro. Un solitario jubilado puesto allí por el destino con la única misión de fastidiarle.

Una pelota menos, pero tenía trece más. Se sintió generoso. Tobías podía quedársela y jugar hasta destrozarla, como hacía con todo lo que caía al otro lado de la valla.

Continuó peloteando contra la pared, aumentando el número de círculos terrosos en su blanca superficie hasta que la mancha oscura se incrementó y pasó a ser una sólida capa llena de motas que se dispersaban por arriba y por ambos lados.

Veinte minutos después, consternado, miró la última de las pelotas que le quedaba.

¿Cómo era posible que...?

Se acercó a la valla para comprobarlo. Sí, no le quedaba la menor duda. Las trece pelotas anteriores estaban allí, dispersas por el jardín de don Ubaldo. Y Tobías continuaba en el medio, esperándole, con un palmo de lengua asomando por entre sus fauces que casi parecían sonreír.

Lamberto le hizo una mueca y Tobías cambió de actitud. Se volvió loco.

Eso le dio una corta victoria moral.

¿Qué sentido tenía poseer una única pelota de tenis? ¡Era absurdo! Cualquiera sabía que con una pelota no se puede hacer nada. Sin perder su renacido ánimo regresó a su lugar de tenista en la pista central de Wimbledon y miró furioso a Ivan Lendl, que se le resistía justo cuando estaban dos sets a dos, cinco juegos a cuatro en el último y definitivo set a su favor y ventaja suya al servicio. Era la bola decisiva.

Así que hizo un saque magistral, y la pelota, tras superar limpiamente el duro esfuerzo de Ivan Lendl, botó en la punta del ángulo y fue tanto directo.

Levantó los brazos exultante de alegría prescindiendo del vuelo meteórico de la pelota por encima de su cabeza después de rebotar en la pared, y no dejó de agradecer las ovaciones del público hasta que el ruido de un cristal hecho añicos le hizo volver a la realidad.

Esta vez se acercó a la valla mucho más preocupado que por la presencia de las pelotas de tenis en el jardín de don Ubaldo. Tobías le miraba justo al lado de los pedazos del cristal de la ventana que su pelota había roto. Ya no ladraba. Parecía volver a sonreír.

Bueno, tendría que comenzar cuanto antes a hacer buenas acciones porque lo del cristal podía costarle caro. Su padre fue altamente explícito la última vez que don Ubaldo le expuso sus quejas. Si pudiera entrar y recoger las pelotas, seguro que nadie imaginaría nunca que él era el responsable del desaguisado. Un rayo, por ejemplo, o... una piedra despedida por un coche pasando a toda velocidad por la calle. Claro que con el cielo tan azul y la prohibición de correr a más de 40 por hora en las calles de la urbanización... De todas formas y dado que don Ubaldo estaba fuera durante el día, tendría tiempo sobrado para hacer un montón de buenas acciones que hicieran nimio el incidente del cristal. No, su padre no le daría la menor importancia. Ni siquiera se lo haría pagar, descontándoselo de su paga semanal.

Y como las probabilidades de que un repentino incendio se provocase en la casa de don Ubaldo y él, con su oportuna y rápida intervención, lograse evitar su destrucción, eran bastante improbables, volvió a su habitación para dar forma al primero de sus planes inmediatos de ayuda.

6

LO de Fede era más complicado, pero lo de Lidia, tal y como él lo veía, no ofrecía el menor problema.

Pasó por el despacho de su padre de camino a su habitación. Tenía terminantemente prohibido entrar allí, así que procedió con sumo cuidado, procurando no tocar ni mover nada de sitio. Cogió un libro de poemas de un estante y salió sin hacer ruido. Una vez en su habitación escogió uno que fuese adecuado. Todos le parecían muy cursis y tontos, pero de sobra sabía que en cuestiones de amor, la poesía era lo más adecuado.

Finalmente no tuvo más remedio que «cogerle prestada» la máquina de escribir a su hermano Fede. Si escribía lo que pensaba con su letra, que a decir de todos, comenzando por su profesor de literatura, don Estanis, era infame, lo más seguro es que no consiguiese nada. ¡Y es que por más que lo intentaba, siempre acababa con dos o tres manchas de tinta sobre el papel, y si utilizaba bolígrafo, como por arte de magia goteaba que goteaba dejando un rastro tan irregular como nefasto!

Pasó la siguiente hora tecleando con mucha paciencia, hasta casi desesperarse. Cinco veces se equivocó en la palabra final del segundo verso. Ocho veces no pasó de la cuarta línea, y en otras tres, sin duda las peores, se equivocó en la última. Apenas le quedaban ya cuartillas blancas cuando, en un esforzado intento, consiguió su propósito. Respiró tranquilo y profundamente y sacó la cuartilla con sumo cuidado, como si se tratase del mayor de los tesoros. Su hermana Lidia nunca sabría lo penoso que había sido aquello para él. ¿O sí?

Devolvió la máquina de escribir a la habitación de su hermano Fede, sin hacer caso de que al ponerla vertical para cogerla mejor, el carro quedaba bloqueado. No, su hermano esta vez no podría decirle nada, porque cualquiera sabe que todos los carros de las máquinas de escribir se bloquean, que para eso se hicieron los ordenadores. Tenía la conciencia tranquila.

Al devolver el libro de poesía a su lugar en el despacho de su padre, aprovechó para coger un sobre blanco. Las notas, cartas y demás mensajes se enviaban o se entregaban en sobre, no al desnudo. Antes de doblar la hoja en tres partes leyó por última vez su contenido, para estar seguro de que no faltaba nada:

Te quiero más que a mi vida
y tú no sabes que existo.
Te daría todo mi aliento
si tú quisieras tenerlo.
Amor, amor, ¿por qué no abrir una ventana
para que yo pudiera entrar en tu alma?

Decididamente era la cursilada más grande que jamás hubiese leído, pero cuanto más cursi mejor, confiaba en ello. Introdujo la hoja de papel en el sobre y lo guardó en el bolsillo de su cazadora. Luego le dijo a su madre que se iba a dar una vuelta, ella le recordó, como siempre, que tuviese cuidado y no hiciese el burro, y se marchó.

Eduardo Coll vivía cerca de la piscina y del pabellón deportivo, o sea al otro lado de la ciudad. Lo sabía porque él conocía a su hermano menor, muy de pasada. Anduvo a buen paso pero no por ello siguió el camino más corto, sino que dio un amplio rodeo con el fin de pasar por el centro, a través de la carretera y la plaza principal. Tenía una idea más en la mente, ésta relativa a Fede. Podía llevarla a cabo antes o después de entregar el sobre.

Y supo que la fortuna se hallaba de su parte y era su aliada cuando vio a su objetivo en uno de los bancos de la plaza, leyendo un libro mientras con un pie movía un cochecito de niño abierto al sol.

7

CRISTINA Pons no tenía un buen día.

En realidad no había tenido un solo buen día en los últimos tres meses, y a ello contribuían muchas cosas, aunque la principal estaba allí, a su lado, en ese momento, en forma de hermano recién nacido. De las restantes, la peor era sin duda lo de que a su padre le hubiesen nombrado entrenador del equipo de fútbol aficionado.

Por culpa de Pere, y por supuesto por culpa de su madre, que la obligaba cada mañana a pasar por aquel mal trago, cuando a fin de cuentas el niño era suyo y suyo el problema, se veía forzada a hacer de niñera y a soportar las bromas de cuantos se le acercaban. Unos bromeaban con lo de que su madre, con cincuenta años, hubiera dado a luz, y más si se tenía en cuenta que su padre ya rondaba los sesenta. Otros se hacían los graciosos preguntándole si era suyo. Era insoportable.

Pero lo de que su padre entrenase al equipo de fútbol no era precisamente mejor.

Desde que lo escogieron, ni un solo día habían dejado de rondarla los chicos del equipo, y si al

comienzo pensó que era natural, puesto que acababa de cumplir los diecisiete y eso debía de no-
tarse por algún lado, pronto acabó dándose cuenta
de que su único interés era enrollársela para ase-
gurarse un puesto en el equipo, un puesto fijo.
Todos sabían que ella era la pupila predilecta de
su padre. Darse cuenta de ello había contribuido a
poner de manifiesto todos sus complejos, su inse-
guridad, el miedo que le daban la mayoría de los
muchachos. Ya no sabía nada, y temía no saberlo
jamás. ¿Cómo estar segura de que uno, uno solo
fuese sincero, cuando dos de cada tres buscaban
únicamente el interés personal?

Absorta como se hallaba en el fragor de sus
pensamientos, aunque tuviese un libro abierto que
no leía ante sus ojos, ni siquiera se dio cuenta de
que alguien más acababa de sentarse en el banco
hasta que escuchó una tos persistente a su lado.
Movió la cabeza y se encontró con la cara redonda
y despeinada de Lamberto y algo más. No recordaba el apellido. Parecía un crío inofensivo pero ya
no se fiaba un pelo de nadie. El recién llegado ni
tan sólo la miraba a ella, sino a Pere, que se movía
incesante en el cochecito.

Una de las principales debilidades de Cristina era
la curiosidad.

Por esa misma razón casi cinco minutos después
de la aparición del chico, y ante su mutismo y fijeza
ocular, le espetó:

—¿Qué tripa se te ha roto?

Se sentía combativa. Esperaba una respuesta apropiada, algo así como un: «Es un banco público, ¿no?» En lugar de ello los ojos del tal Lamberto bajaron al suelo llenos de un súbito y reverente temor.

—Ninguna, perdona —susurró.

Otra de las principales debilidades de Cristina era la compasión.

Por ejemplo, no podía ver una película romántica sin llorar o una en la que los protagonistas sufrieran sin que ella sufriese tanto o más que ellos. Ni siquiera leía periódicos ni veía los telediarios para no pasarlo mal.

Y la expresión de su vecino le inundó el espíritu de estrellitas fugaces.

—¿Qué te pasa, te encuentras mal? —preguntó.

Lamberto tardó en contestar. Antes volvió a mirar a Pere.

—Yo estoy bien —dijo en un tono de voz muy débil.

—¿Entonces por qué miras tanto a mi hermano?

Dejó bien sentado que era su hermano, por si las moscas. Iba adquiriendo práctica en ello.

—Es que también tengo una hermana de pocos meses.

—¿Y a qué viene esa cara?

Lamberto giró la cabeza del otro lado.

—Vaya, ¿se me nota? —lamentó.

—Como que pareces el anuncio de un anal-
gésico.

Lamberto no estaba muy seguro de lo que era
eso, así que no opinó al respecto. Se limitó a decir:

—Es que... pensaba en mi otro hermano.

—¿Tu otro hermano? ¿Y qué le pasa a ése?

—No... no puedo decirlo, lo siento.

La tercera de las principales debilidades de Cristina era meter las narices en todo aquello que tuviese apariencia de secreto o fuese misterioso. No
paraba hasta averiguar qué sucedía o ser copartíci-
pe del secreto.

Que inmediatamente dejaba de serlo, claro.

—¿Por qué no puedes decirlo? Espera... —Lamberto se había puesto en pie, decidido a remachar
su interpretación—... ¿Quién es tu hermano? Me
parece que...

—Federico Peñaranda, pero todos le llaman
Fede.

¡Federico Peñaranda! Había sido de los primeros
en rondarla nada más ser nombrado su padre entrenador. Y como era verdaderamente guapo, ella...
¡Sí, y hasta le habló de aquel buena pieza llamado
Lamberto! Lo menos que dijo de él era que esperaba que le encerrasen pronto en un correccional.

—¿Qué le pasa a tu hermano Fede? —vaciló.

—Debo irme —insistió Lamberto.

Cristina le vio mirar una vez más a Pere, y
suspirar.

—Vamos, espera, yo soy amiga suya. Puedes confiar en mí. ¿Por qué suspiras tanto al ver a mi hermanito y pones esa cara?

Lamberto tenía preparada su mejor frase para esta ocasión.

—No, si es ley de vida —repuso—: unos vienen... y otros se van.

—¿Que tu hermano se va? ¿Dónde se va? ¡Maldita sea me estás poniendo nerviosa!

—Es que si sabe que se lo he dicho a alguien, es capaz de matarme.

—Pero ¿qué dices? ¡Si Fede y yo somos... somos —buscó la palabra exacta sin encontrarla—... bueno, él va claramente a por mí, y yo...! Vamos, dime lo que sea. ¿Le han dado una beca y se va a Inglaterra, es eso? ¿Tal vez a Estados Unidos?

Lamberto lo dejó caer como una pequeña bomba.

—Le operan el lunes a vida o muerte y... —pasó el antebrazo por los ojos, como si apartara de ellos unas imaginarias lágrimas—, las probabilidades son pocas.

Cristina se dejó caer hacia atrás, blanca.

—¡Jesús! —gimió.

—Llevo varios días pensando en qué hacer para que sea feliz —continuó ahora él—. Es tan importante que lo pase lo mejor que pueda antes de...

—¡Jesús! —repitió la muchacha.

Su pie había dejado de mecer el cochecito. Pere empezó a agitarse y a llorar. Ninguno de los dos le hizo caso.

—No podrá jugar al fútbol, claro —dijo de pronto ella.

—¡Oh, sí! —saltó muy rápidamente Lamberto—. Que le operen no quiere decir que no esté fuerte y se encuentre bien. Precisamente su mayor deseo e ilusión es jugar esa final. Creo que... creo que sería lo más importante para que el lunes pudiera enfrentarse a la operación con firmeza. Estoy seguro de que si...

Tenía miedo de ser demasiado vehemente, así que optó por callarse a tiempo. Y entonces comprendió que ya no necesitaba decir o agregar nada más puesto que los ojos de Cristina, su brillo y su determinación, hablaban por sí mismos.

8

SE sentía orgulloso de sí mismo.

En realidad Cristina era una redomada ingenua, pero aún así estaba seguro de haber merecido un Óscar por su actuación. Por suerte su hermana Lidia solía hablar de ella, poniéndola a caldo, y conocía algunas de sus debilidades, pero su cara de hermano dolorido...

—Genial. ¡Genial!

Tuvo menos suerte en su segundo cometido. Eduardo Coll no estaba en su casa y su madre, que no paraba de mirar sus polvorientos pies, las zapatillas deportivas y el límite de su pulcra entrada, con el suelo brillante y encerado, le dijo que no sabía a dónde había ido. Lamberto insistió en que se trataba de algo «personal», y la buena mujer acentuó su inspección y su desagrado, preguntándose qué tendría que ver su hijo mayor con aquella mezcla de polvo y diablo.

Finalmente Lamberto plegó velas y se retiró.

Tenía como mínimo una hora para matar el tiempo.

Aunque el cielo estaba bastante encapotado, no existía riesgo de lluvia. Eso lo sabía muy bien. Su abuelo solía hablarle de cosas así y se consideraba un experto. El sol de unos minutos antes iba desapareciendo, y sin él, el frío se hacía sentir. No por ello los alrededores del pabellón deportivo y las piscinas estaban menos frecuentados. Lamentó tener que cumplir una misión tan importante como la que tenía en la mente, porque ello le impedía participar directamente de cualquier juego al que se incorporara. Por ejemplo, un grupo de chicos jugaba al fútbol, y hubiera podido apuntarse. Pero desistió de ello haciendo un esfuerzo. ¡Con lo que le había costado escribir aquel maldito poema, sólo faltaría que lo estropease o lo arrugase en una caída... y jugando al fútbol siempre estaba más rato horizontal que vertical!

Buscó algo «tranquilo» que hacer, y no encontró nada. Varios chicos jugaban al «churro, mediamanga, mangotero», y al final, cuando un equipo ya estaba sobre el otro, invariablemente terminaban en el suelo, levantando nubes de polvo. Otros practicaban una modalidad de «corre, corre que te pillo» con los mismos resultados. Además, ni siquiera estaba en su zona y aunque conocía a varios, nada le unía a ellos.

Para reforzar su actitud pensó que lo mejor era irse de allí.

Entonces le vio.

Era un chico de su estatura y complexión, aunque parecía mayor, uno o dos años por lo menos. Vestía de una forma horrorosa y llevaba un saco de la mano. Cuando Lamberto reparó en él, el otro recogía del suelo una lata vacía. La introdujo en el saco y se oyó un ruido metálico, demostrando que allí dentro había más latas.

—¡Eh! —le llamó—. Aquí hay una.

El chico se le acercó con una sonrisa franca y abierta. En efecto, entre unas matas, invisible desde donde estaba antes, asomaba la roja forma de una lata de Cola.

—¡Gracias, tío! —saludó con énfasis.

Lamberto le vio coger la lata e incorporarla al saco. Le cayó bien al instante. Tenía algo... especial, original.

—¿Haces colección? —preguntó.

El otro soltó una carcajada.

—¡Quiá! —se burló—. Eso es pasta, tío. ¿No sabes que con las latas se hacen más latas?

—No. ¿Y los microbios y todo esto?

—Es que antes de hacer más latas las hierven, y las prensan, y las reci... las reci... bueno, como se diga.

—¿Te ganas la vida haciendo esto?

—Me gano la vida haciendo de todo, ¡digo! Hay que ver luego cómo me calienta mi padre si no llego con el saco lleno o lo que pueda encontrar.

—¿Dónde vives? —El interés de Lamberto por su nuevo hallazgo crecía.

—En una camioneta. La tenemos aparcada a las afueras.

Los ojos de Lamberto se dilataron. En primer lugar porque aquello sí le parecía una vida interesante, saltando de un lugar a otro, siempre recogiendo latas. ¡Y además era un buen negocio, seguro, porque todo el mundo bebía refrescos y luego arrojaba las latas al suelo, aunque hubiera papeleras cerca! Pero en segundo lugar se dilataron porque allí, ante él, sin la menor duda, tenía un pobre.

Un auténtico pobre.

El primero que conocía.

—¿Cómo te llamas? —quiso saber.

—Mariano.

—Yo, Lamberto.

Se estrecharon la mano.

—Oye... —Estaba tan emocionado que temía hacer la pregunta—, dispongo de una hora o más, así que he pensado que... ¿puedo ayudarte?

—De perlas, tío.

Lamberto hinchó el pecho y comenzó a caminar al lado de Mariano, dándoles la espalda, en un claro gesto de superioridad, a los que jugaban al fútbol, a «churro, mediamanga, mangotero» y a «corre, corre que te pillo». Después de todo, aquello no eran más que juegos infantiles. Él, en cambio, iba a hacer algo importante.

Llevaban recorridos unos cien metros, con el único bagaje de una lata, que Mariano le permitió recoger a él como debut, cuando observó la forma en que su nuevo amigo miraba su cazadora.

—¿Te gusta?

—Tope guai, tío. Es la mar de chachi.

Recordó a Robin Hood. Bueno, él no tenía que robar a los ricos porque tenía de todo, así que bastaba con ser generoso y dar lo que le sobraba. Lo de ser generoso le cayó al instante como un manto beatífico sobre la cabeza.

—Tengo una cazadora en casa, del año pasado, que seguro que te vendría bien, y también algunos pantalones, jerseys, camisas...

Mariano se detuvo.

—Tío, eso sí me arreglaría a mí el día —dijo.

—¿Por qué no te vienes a mi casa esta tarde? —invitó Lamberto decidido—. Vemos lo que te va y en paz.

—¿Tu casa? —la cara de Mariano expresó desconfianza—. No suelo llevarme bien con según qué gente. Apuesto a que a tus padres la idea no les parece tan bien como a ti.

Lamberto le vio la lógica al asunto.

—Escucha, te diré lo que haremos —dijo de pronto—. Quedamos a las cinco en punto en algún lugar y yo te lo llevo todo, ¿qué tal? No le verás ningún problema a eso, ¿verdad?

Se le notaba la ansiedad, y Mariano colaboró como un buen compañero. Le pasó un brazo por los hombros, en señal de clara amistad.

—Eres demasiado, tío —ponderó—. Tú deberías ser de los míos.

Y juntos continuaron andando a la caza y captura de todas las latas huérfanas y abandonadas de la ciudad.

9

ERA ya muy tarde cuando volvió a casa de Eduardo
Coll, tras verse obligado a dejar la compañía de
Mariano y lo excitante que resultaba coger latas
vacías por todas partes. Habían entrado a saco en
un bar, del que fueron expulsados ignominiosamen-
te pero con un buen botín en cada mano, y estu-
vieron cerca de cinco minutos siguiendo a una chica
que iba dando sorbitos a un refresco en plena calle,
igual que si fuese verano. Al final la muchacha
empezó a correr, asustada por el asedio, y no dejaron de perseguirla hasta que les arrojó la lata a
la cabeza. Se la acabaron entre los dos, como buenos colegas. Luego registraron todas las basuras
que encontraron.

Por esta razón la madre de Eduardo Coll, además
de comprobar que ni un centímetro de su cuerpo
osara penetrar en un sacrosanto templo de limpieza, arrugó la cara con desagrado al golpear en su
nariz el aroma de Lamberto.

Lamberto, que ni lo notaba y estaba ya habituado
a él, no comprendió el motivo de aquella muestra

de asco, como tampoco comprendió que su objetivo, Eduardo, pusiera la misma cara.

—Debe de ser un defecto de familia —pensó—. Un tic o algo así.

—¿Qué quieres tú?

El tono de Eduardo Coll no era ni mucho menos amigable. Lamberto sabía perfectamente que era un redomado memo, pusilánime y estirado como pocos. Solía decir que «el día menos pensado» iba a irse a Barcelona, a vivir de acuerdo con «su clase», y de tanto mirar a los demás por encima del hombro parecía que tuviese una torticolis o malformación del cuello perenne.

Lamberto se dijo que tener a semejante engendro como cuñado sería horrible, pero al instante volvió a su actitud comprensiva y compasiva. Si Lidia estaba enamorada, no sólo era su problema, sino que allí estaba él para ayudarla.

—Te traigo un mensaje —le dijo a Eduardo.

—¿Un mensaje? ¿Qué clase de mensaje? —La actitud de Eduardo seguía siendo hostil—. Mira, no me hagas perder el tiempo si no quieres que...

Lamberto extrajo el sobre de su bolsillo y se lo tendió sin decir palabra. Se sorprendió muchísimo de que estuviese tan arrugado.

Casi tanto como de que su receptor lo cogiese con dos dedos y girase la cabeza del otro lado. Estaba un poco arrugado, sí, pero que él supiese, las arrugas no le hacían daño a nadie.

—¿Pero qué es... esto? —masculló Eduardo sin abrir el sobre.

—Un «omónimo» —dijo Lamberto.

—¿Qué?

—Un «omónimo» —repitió.

—¿Un qué?

Hizo un gesto de fastidio. Además de ser un petimetre era tonto, porque cualquiera sabía qué era eso, seguro. ¿Acaso no iba al cine?

—¡Un «omónimo»! —insistió—. Lo que la gente manda sin firmar para que no se sepa quién es el que lo envía.

—¡¿Un anónimo?! —casi gritó Eduardo—. ¿Qué diablos...?

—Lo que he dicho, vaya —protestó él—. No sabía que encima fueras sordo.

Eduardo Coll no le hacía ya caso. Abrió el sobre y extrajo de él la hoja de papel mecanografiada. Lamberto, lejos de dar media vuelta y desaparecer, permaneció firme en su sitio. Precisamente la clave estaba en eso: en quedarse.

Tanto la expresión como la cara de Eduardo fueron cambiando paulatinamente de forma y de color. Se vio bien claro que tuvo que leerse por dos veces el texto para poder reaccionar.

Cuando lo hubo hecho volvió a mirar al curioso mensajero.

—¿Qué significa... esto? —balbuceó.

—No lo sé —mintió Lamberto, impávido—. Yo no lo he leído. Sólo me han dicho que te lo diera.

—¿Quién?

—Eso no puedo decirlo.

—¿Por qué?

Eduardo parecía ahora diferente. Sus ojos reflejaban ansiedad.

—Me ha dado veinte duros para que te lo trajera y no dijera nada —dijo Lamberto.

—Te doy cuarenta duros si me lo dices —soltó el muchacho.

Lamberto se arrepintió al momento de haber tasado tan bajo su trabajo.

—No puedo —insistió—. Me mataría.

—Nunca lo sabrá —prometió Eduardo—. Te lo juro.

—Si se tratase de otra persona..., pero es que siendo quien es...

Los ojos de Eduardo volvieron a dilatarse.

—Espera... ¿tú no eres el hermano pequeño de Lidia?

Lamberto comprendió que después de todo estaba a punto de perder cuarenta duros.

—Nunca diré el nombre de quien me ha dado eso para ti —señaló el sobre y la hoja de papel.

Eduardo buscó en sus bolsillos. Extrajo de uno de ellos un billete de doscientas pesetas.

—No hace falta que digas el nombre, ¿de acuerdo? Lo diré yo y tú sólo has de asentir con la cabeza. ¿Qué dices?

El billete cambió de mano y propietario.

—Es... ¿es Marta? —tanteó Eduardo.

Lamberto movió la cabeza en sentido horizontal. El destinatario del anónimo dejó que la boca acompañase a los ojos en su dilatación. Pareció vacilar, como si se negase a pronunciar el siguiente nombre.

—¿No será... tu hermana? —musitó débilmente.

Lamberto asintió.

Después ya no sucedió nada más porque Eduardo Coll se quedó convertido como quien dice en una estatua de sal, y él aprovechó la coyuntura para retirarse silenciosamente.

10

ERA evidente: hacer el bien valía la pena. Las doscientas pesetas recién percibidas, en un alarde de ingenio y rapidez de reflejos, lo constataban.

O sea, que haciendo mucho el bien y ayudando a los demás, encima se haría rico.

Llegó a su casa justo a la hora de comer. Su madre no tuvo tiempo de reñirle por la tardanza en aparecer. En cuanto lo vio, o mejor dicho, en cuanto lo olió, le mandó al cuarto de baño y a cambiarse de ropa.

—¿Que yo huelo? —protestó Lamberto—. ¿Te refieres a mí? —su maltrecha dignidad no soportó tanta vergüenza—. Pues no he hecho otra cosa que caminar y portarme bien. Nada más. Que yo sepa la gente no huele mal por caminar y portarse bien. Será la contaminación, digo yo. Ni siquiera pue...

—¡Lamberto, haz el favor de callarte y venir a comer en cinco minutos!

Su madre gritaba raras veces, y cuando lo hacía, lo mejor era obedecer. Se desnudó, tomó una ducha rápida y luego se cambió de ropa, de arriba abajo, salvo las zapatillas deportivas. Repasó lo hecho durante la mañana y ni remotamente asoció sus inspecciones basuriles con lo del olor. Acabó pasando del misterio y se reintegró al seno familiar, bastante reducido porque Lidia iba a comer con su amiga Marta y Fede había llamado para decir que se tomaría un bocadillo y que no quería dejar de entrenar para poder jugar el sábado.

En el momento en que llamaba por teléfono al griposo Sebas para saber cuál era su estado y las posibilidades de una milagrosa recuperación médica, llegó su padre.

Lamberto nunca sabía si su cara de pocos amigos era debida a algo natural o al hecho de ser el eterno interventor de la sucursal bancaria en la que prestaba sus servicios. A él le parecía que trabajar con dinero tenía que ser algo alegre, aunque, claro, siendo el dinero de los demás...

—He de colgar —anunció a un maltrecho Sebas que hablaba con un hilo de voz—. Te he de contar un montón de cosas. Chao.

Su padre se hallaba en ese momento frente al aparador, escrutando las botellas alineadas sobre el mármol. Escogió una de whisky y se escanció dos dedos en un vaso muy largo. Sus gestos eran más bien maquinales. Parecía tener la cabeza muy lejos de allí.

La presencia de su mujer, orlada por una sopera humeante, le devolvió a la realidad.

—Florencio —recriminó la madre de Lamberto—, que no te sienta bien.

El hombre no le hizo caso. Bebió un pequeño
sorbo.

—Acabarás alcohólico, si no lo estás ya —continuó ella.

—No digas tonterías —refunfuñó don Florencio
Peñaranda con un destello de dignidad.

—Es que siempre que llegas a casa has de ir a
por un vaso. Y cuando te lleven a un hospital con
cirrosis seré yo la que tenga que correr. Acuérdate
del tío Augusto.

—¿Murió borracho el tío Augusto? —preguntó
Lamberto.

—No hijo, qué cosas. Murió de una cirrosis.

—¿Y eso qué es?

—El hígado hecho polvo —su madre observó cómo el hombre apuraba el vaso antes de sentarse a la mesa para atacar la sopa—. Anda hijo —suspiró—, come y calla, no empieces a hablar por los codos como cada día.

Lamberto le hizo caso, y fue tal el silencio del comedor que su madre le miró preocupada, por si daba muestras de haber pillado también la gripe, como media ciudad. Finalmente optó por poner la tele, que iba por la mitad del telediario.

—Cinco mil setecientas cincuenta —volvió a suspirar.

El padre de Lamberto dirigió una atravesada mirada en dirección al aparato.

—Y ha dicho el técnico que cuando empiezan así... —ella hizo un gesto evidente—. Habrá que ir pensando en comprar otra.

—Mañana, cuando robe el banco —dijo su marido con sarcasmo.

Lamberto no dejaba de mirar a su padre. Iba asociando algunos hechos fundamentales. Por mucho que ayudase a su hermana y a su hermano, y ellos derramasen lágrimas de alegría en señal de agradecimiento, si no hacía algo por su padre sería tan egoísta que daría más crédito a las quejas de don Ubaldo por lo del cristal que no a cualquier otra cosa. Lo de que bebía demasiado acababa de darle una idea.

Bueno, su madre tenía que saberlo, ¿no? A fin de cuentas ella era su mujer y le conocía bien.

Un azar del destino le demostró que éste estaba de su parte.

—En España hay dos millones de alcohólicos —comenzó a decir en ese justo instante el presentador del telediario—. Esta cifra no se debe tan sólo a las personas que son víctimas de la embriaguez en forma periódica o aislada, sino al gran número de hombres y mujeres que necesitan consumir un mínimo de alcohol diario como necesidad vital y sin que ellos sean conscientes de su grave problema.

—¿Lo ves? —anunció su madre triunfal—. ¿Qué te decía yo?

—Ágata, por favor, cualquiera diría —protestó su padre hundiendo los hombros cansinamente.

—El mayor índice de alcohólicos —continuó el locutor del telediario, mientras las imágenes mostraban miles de botellas vacías y los rótulos de diversos bares—, hay que buscarlo entre los ejecutivos, las...

—Me gustaría verte en el banco —insistió ella—. Todo el día entrando y saliendo clientes, y claro, hay que invitarles, y acompañarles...

—Si se hiciera eso, que no se hace —puntualizó él—, de ello se ocuparía Ricardo Sospedra, que para algo es el director, ¿estamos?

Los dos iban a seguir la discusión del día cuando el hombre reparó en la fija mirada de su hijo, que parecía escrutarle atentamente. Después de lo de las notas del día anterior, Florencio Peñaranda no estaba dispuesto a pasarle ni una a su hijo, así que repentinamente le gritó:

—¿Y tú qué miras?

Hasta su madre dio un respingo.

—Nada, papá, nada —musitó débilmente Lamberto volviendo a centrar su atención en la sopa.

Pero en su mente ya se estaba urdiendo un plan encaminado a salvar a su padre de las garras del alcohol, y de esta forma, ganarle para la causa.

Sería algo verdaderamente fantástico, tanto como para que el cristal de don Ubaldo fuese una tontería sin importancia.

Con la imagen celestial de su padre echando de la casa a puntapiés a don Ubaldo, defendiéndole con lágrimas en los ojos, acabó de comer.

11

CRISTINA Pons esperaba a su padre como quien dice colgada de la ventana del comedor. Cuando le vio doblar la esquina, con su paso cansino y paciente, se abalanzó hacia la puerta esperándole con los nervios en tensión. Su padre debía de haberse encontrado a algún vecino, porque tardó más de la cuenta en abrir la puerta y entrar en el piso. Nada más hacerlo, ella se le echó al cuello y luego lo arrastró en dirección a la sala.

—¿Cómo han ido los entrenamientos? —preguntó nada más tener a su padre sentado en una butaca.

A Terencio Pons le invadió una extraña emoción. Su hija odiaba el deporte. Por más que había intentado persuadirla de lo necesario que era, ella siempre prefería otras cosas. Ahora, por primera vez, parecía interesarse por él y su actividad como entrenador de aquella partida de haraganes que, por suerte para ellos, le tenían como máximo responsable de su labor.

—Bien, muy bien —dijo convencido—. La moral es alta, y están trabajando duro. Esos chicos...

—¿Va a jugar Federico Peñaranda? —le interrumpió Cristina.

Eso sí le chocó, y le hizo ver que tal vez el interés
de su hija no fuese precisamente por el deporte, su
trabajo o la dichosa final.

—¿Federico Peñaranda? —repitió cauteloso, tra-
tando de adivinar la posible relación entre la niña
de sus ojos y aquel chico—. Pues...

A Cristina se le encogió el corazón. Dejó de
respirar.

—No es muy bueno —dijo su padre—, pero le
pone ganas.

—¿Y eso qué significa?

—Significa que no contaba con él, pero que ha
mejorado mucho, y se le ve tan ansioso por jugar
que... sí, he decidido alinearle de salida el sábado.

Cristina se dejó caer en la otra butaca, abriendo
los brazos en cruz.

—Menos mal —dijo suspirando profundamente.

Terencio Pons la escrutó con renovada atención.
Consideró la posibilidad de que estuviese enamorada de aquel chico y sin saber exactamente por
qué, la idea le hizo cosquillas en el estómago, des-
perdigando una sensación de desagrado por su ser.

—¿Hay algo entre tú y él? —quiso saber.

La respuesta de Cristina le tranquilizó por un
lado, pero le despertó la curiosidad por otro.

—¿Enamorada yo? ¡Noooo! Lo que pasa es que
era importantísimo que jugase el partido.

—¿Importante para quién?

—Para él, por supuesto.

—Todos quieren jugar, los veinte del equipo. No veo que Federico Peñaranda sea diferente.

—Pues lo es, papá, y mucho.

—¿Por qué?

—No puedo decirlo.

Terencio Pons parpadeó.

—Si no tienes nada que ver con él, no entiendo...

—No insistas, papá —dijo Cristina cruzándose de brazos—. Es un secreto.

La conocía demasiado bien como para no saber que podía reventar si no lo sacaba fuera.

—Dime qué es o lo cambio en el segundo tiempo, mejor dicho... pongo a otro en su lugar —la apremió.

—¡Tú no harás eso...! ¿verdad? —saltó ella asustada.

—Vamos nenita, soy tu padre, y yo también he sido joven. Si ese muchacho y tú...

En realidad, en las últimas dos horas, Cristina no había hecho otra cosa que pensar en Fede. No era el más guapo del equipo, pero tampoco se hallaba en el pelotón de cola. Ahora que se acababa de convertir en un pobre y solitario chico con la vida pendiente de un hilo... en fin, que ella sabía muy bien lo que es necesitar amor, y poder ofrecerlo. Las personas se unían por algo más que por lo físico. Estaba lo espiritual, los sentimientos. La vida real también tenía sus heroínas, como las películas.

—No lo he visto demasiado, así que... —vaciló—. Pero me he enterado de algo terrible.

—¿Qué es?

Cristina llevó todo el aire que pudo a sus pulmones.

—Federico Peñaranda está enfermo, papá —anunció solemne—. Van a operarle el lunes a vida o muerte, y ese partido será quizás lo último que haga en esta vida si...

Su padre se había puesto en pie de un salto, sorprendiéndola.

—¿Estás insinuando que puedo alinear en el equipo a un chico que tal vez vaya a caerse muerto en la disputa de la primera pelota? —gritó.

—Está enfermo pero eso no tiene nada que ver con... —trató de decir ella.

Terencio Pons comenzó a dar grandes zancadas por la sala-comedor, agitando los brazos.

—¡Estáis locos, locos... todos! —gritó otra vez—. ¿Sabes qué hubiera pasado si alineo a ese muchacho y...? ¡Oh, no quiero ni pensarlo!

Ahora la que se puso de pie fue Cristina.

—¿Cómo que... si le hubieras alineado? Has dicho que va a jugar.

—¿Alinear a un enfermo en estado grave? Pero, ¿qué dices? Desde luego lo lamento por él, y yo voy a tener que recomponer todo el equipo y... diablos ¡pobre Fede! ¿No comprendes que es una responsabilidad que...? ¡Oh, cielos! ¿Y sus padres? ¿Por qué le dejan jugar? ¿Por qué no venían a decírmelo...? Locos, locos: todos están locos.

El rostro de Cristina fue volviéndose blanco a medida que su padre hablaba y gesticulaba.

Ahora ya había algo más que piedad uniéndola a Federico Peñaranda.

Era la culpable de que hubiera sido apartado del equipo.

12

EDUARDO Coll esperó a que Marta llegase a su
lado. La chica fingía naturalidad pero cualquier ob-
servador atento, y él no lo estaba, hubiera advertido
que en realidad se hallaba altamente congestio-
nada.

—¿Tienes unos minutos? —quiso saber el muchacho.

—Claro: toda la tarde. Estamos de vacaciones,
¿lo has olvidado?

Eduardo no contestó. Echó a andar con la mirada
perdida en el suelo. La de Marta, amorosamente
depositada en su perfil, desprendía destellos apa-
sionados. Desde que había recibido su llamada,
nada más irse Lidia, diciéndole que necesitaba hablar con ella urgentemente, su corazón no había
dejado de latir. Lidia se lo dijo:

—No seas tonta, dale tiempo. En cualquier momento reaccionará, lo comprenderá todo, se deci-
dirá y... ¡zas!: se declarará.

Lidia, como observadora imparcial, podía ver lo
que ella era incapaz de apreciar. Su buena amiga
Lidia.

—Vamos —le invitó—, ¿de qué querías ha-
blarme?

Eduardo metió una mano en su bolsillo y de él
sacó una hoja de papel doblada. Se la tendió a
Marta. Un ligero tufillo flotó por el aire, pero ahora
la chica se sentía demasiado interesada para des-
viar el tema.

—Léelo —pidió el muchacho.

Lo hizo. Desplegó la cuartilla y paseó su mirada
por las seis líneas. Primero tuvo un asomo de risa.
Lo contuvo. Luego soltó una carcajada que murió
en sus labios al chocar con la desconcertada expresión de su compañero.

—¿De qué te ríes?

—De esta cursilada. Querías que la leyera por
eso, ¿no?

Una mano furiosa le arrebató el papel de las
suyas. La hoja desapareció, tras ser doblada nuevamente con mimo, en el mismo bolsillo donde ya
estuviera antes. Los ojos de Eduardo desprendían
chispas.

—Vaya, creía que eras más sensible —manifestó.

Marta se dio cuenta de que había metido la pata.
Por alguna razón aquella poesía era importante
para él.

—No, no es eso... —buscó alguna excusa sin
encontrar ninguna—. Creía que me estabas contan-
do un chiste o que... eso era parte de un juego, ya
sabes.

Eduardo se relajó. Reanudó el paseo con Marta saltando a su lado.

—Déjalo —pidió—. Al fin y al cabo es algo... personal. Pero creía que podía confiar en ti.

—¡Y puedes, por supuesto! —se disparó inmediatamente ella—. Si me explicaras... qué pasa.

Una prueba. Sí, tenía que ser eso. Y no podía haberla empezado peor: riéndose. Lidia también se lo había dicho: él necesitaba estar seguro, aprender a conocerla.

Su maravillosa amiga Lidia.

—Es Lidia —dijo Eduardo.

Pensar en Lidia y oír el mismo nombre en labios de él, le produjo un corto circuito, un cruce de cables.

—¿Qué?

—El poema —refirió Eduardo—. Es de ella. A Marta se le doblaron las rodillas.

—¿Cómo que es de...?

—Me lo ha enviado anónimamente —se detuvo y cogió a su compañera por los brazos, sacudiéndola con fuerza—. ¡Dios mío, qué ciego he estado!

Marta buscó un poco de coordinación en sus ideas.

—¿No pensarás que...?

No conseguía acabar ninguna frase, desde luego. Eduardo la interrumpió.

—¡No hay que pensar nada! ¡Está claro! Sólo un corazón enamorado, un alma sensible y pura, es

capaz de dar un paso así, tan terrible y tan decisivo
al mismo tiempo. Esos versos están impregnados
de amor, de auténtico y sublime amor. ¡Y yo sin
darme cuenta! De no ser por este paso decisivo y
la suerte de haber sabido que provenía de ella...
—se estremeció—... tal vez nunca hubiéramos llegado a nada.

Sus últimas palabras tuvieron una densa carga
de fatalidad rota.

Lidia. La buena y maravillosa Lidia. La misma
que le daba consejo tras consejo para cazar a
Eduardo. La misma que aseguraba tener otro tipo
de gusto, y que insistía en ayudarla.

—Víbora... —susurró.

—¿Qué? —preguntó Eduardo.

—No... nada.

De pronto estaba vacía. La mente en blanco, las
piernas de algodón, la sangre más helada que el
clima. ¡Zum!: un fantasma que flotaba.

—¿Comprendes por qué necesitaba hablar contigo? —dijo él—. Tú eres su mejor amiga. Seguro
que sabes...

—No, no lo sé.

—¡Oh, vamos, tienes que saber algo! ¡Habréis
hablado de ello miles de veces!

Lo habían hecho, sí, pero... con una ligera va-
riante.

—Estoy tan sorprendida como tú —dijo sinceramente Marta.

—Lo habrá guardado en lo más profundo de su ser, desesperanzada —Eduardo levantó la cabeza al cielo y apretó los puños—. Por suerte esto va a cambiar, porque ahora yo... ¡yo podré corresponderla! No... espera, ¿qué digo? Es evidente que en el fondo yo también la he amado siempre, porque de lo contrario esta carta no me habría parecido tan reveladora. ¡Sí, eso ha de ser! ¿Tú qué crees? Marta... ¿Marta?

Había seguido caminando, impulsado por su vehemencia, y Marta llevaba ya un buen rato inmóvil, de pie a una decena de metros de él. Eduardo regresó a su lado y la abrazó.

—¡Oh, Marta! —dijo—. ¡No sabes lo importante que es tener a alguien con quien hablar y en quien confiar! ¡Gracias a ti lo veo todavía más claro! Ahora... debo irme, pero te llamaré esta noche. ¡Gracias, gracias!

Y echó a correr antes de que ella pudiera volver a abrir la boca.

13

LA agrupación de Damas de Acción Directa era una
asociación de lo más peculiar. Fundada por la viuda
de don Agapito Puigdevalls, preboste hijo predilecto
de la villa, tenía como objetivo esencial la recuperación de los valores ancestrales por los que la
humanidad se regía antes de que la locura del si-
glo XX se apoderara de las gentes. Además, la viuda
de don Agapito Puigdevalls sabía que su misión,
única y sacrificada durante lo que le quedase de
vida, era hacer lo imposible para que el buen nombre de su difunto marido llegase poco menos que
a los altares. Todavía no se había dado una calle a
su memoria, pero poco faltaba. Lo del monumento
vendría después. Al menos, en lo de la calle, eso
es lo que venía diciéndole el alcalde desde hacía
un par de semanas.

—Vamos por buen camino, doña Leoncia. Sólo
falta un empujoncito.

Y no iba a ser por empujoncitos, no señor.

Así que las Damas de Acción Directa estaban
desplegándose, dispuestas a poner toda la carne en

el asador y sus energías al servicio de sus nobles ideales. Nada escapaba a su atención. Redimir presos, dar charlas a drogadictos arrepentidos o llevar por el buen camino a quienes se aferraran a sus vicios, cuidar niños afganos... lo que hiciera falta. Por desgracia carecían de un local —el alcalde también se lo venía prometiendo desde hacía tiempo— donde reunirse y citar a los descarriados a quienes ayudaban. Su mayor deseo era contar con él, como las agrupaciones americanas parecidas a la suya. El primer día que alguien subiera al estrado de ese local social, abarrotado de personas, para anunciar en voz alta el clásico e inconfundible: «Yo soy alcohólico», su corazón rebosaría paz y felicidad. Mientras eso no fuese posible, habían impreso papeles y hecho pasquines que pegaban por las paredes y repartían de casa en casa, que daban de mano en mano, y que ponían de limpiaparabrisas en limpiaparabrisas, dispuestas a hacer el trabajo individualmente.

La viuda de don Agapito Puigdevalls reclutaba a sus Damas de Acción Directa dando meriendas suculentas en su casa, aunque a veces no advertía demasiado entusiasmo en su pequeño ejército y tenía la vaga sospecha de que, más de una, acudía sólo por la merienda. Por suerte contaba con sus dos más fieles aliadas, su prima Eduvigis, solterona vocacional, y su mejor amiga íntima, Leocadia, tan viuda como ella pero con mayor experiencia.

Las estaba esperando precisamente a ambas, cuando sonó el teléfono.

Y la doncella tenía su tarde libre.

—Residencia Puigdevalls, ¿dígame? —anunció.

Al otro lado del hilo telefónico escuchó un carraspeo, seguido de una voz gutural, profunda, envuelta en un halo dramático.

—¿Son... son ustedes las que ayudan a... a la gente?

Solía recibir llamadas groseras, y hasta burlonas, pero su psicología le indicaba cuándo se trataba de un alma en pena, de alguien verdaderamente necesitado. Lo más duro de tener que atravesar su coraza de desconfianza, recelo y miedo, era precisamente el hecho de verse obligada a hacerlo por teléfono. En demasiadas ocasiones el que llamaba se quedaba cortado, o colgaba.

Aquella era sin duda una voz desesperada.

Necesitaba de su mejor tacto y disposición.

—Sí, hijo, aquí es —dijo con piadosa ternura—. Abre tu corazón y permite que nos asomemos a su interior. ¿Cuál es tu problema?

La voz se hizo inaudible, hasta que casi desapareció.

—Perdón, ¿cómo dices?

Al otro lado del hilo telefónico, Lamberto acababa de ahogarse por el esfuerzo que suponía forzar su voz hasta extremos tan graves. Al hacerlo el teléfono y el pañuelo que lo envolvía habían resbalado de sus manos. Tomó de nuevo el auricular y volvió a envolverlo a toda prisa.

—Oiga, ¿sigue ahí?

—Sí, aquí estoy —dijo aliviada la viuda de don Agapito Puigdevalls—. Ten calma. No hay prisa. ¿Qué tormentos atribulan tu alma, hijo mío?

—La bebida —gruñó la voz.

La mujer cerró los ojos. Por supuesto: la bebida. Los alcohólicos eran los más valerosos. Bien, ya había conseguido atravesar la primera barrera de desconfianza. El que llamaba reconocía su pecado. Ahora... sólo necesitaba conocer el nombre. Ella y sus Damas harían el resto.

—Dime tu nombre, vamos, sin miedo. ¿Quién eres, oh infortunado del destino?

—Esto... —la voz tembló— será un secreto, ¿verdad? Quiero decir que me curarán sin que nadie... lo sepa.

—Puedes poner las manos en el fuego. Somos una tumba.

Contuvo la respiración. Era el momento decisivo de colgar o atreverse. Bastaba un nombre completo, sólo eso. Ella daría con el que llamase. El alcohólico parecía reticente ¡cuánto más cerca estaba de lograrlo!

—Adelante, hijo: confía en mí.

—Me llamo Florencio Peñaranda y vivo en...

Lo anotó con mano rápida, feliz, triunfal, y nada más escuchar la última sílaba, la comunicación se cortó. Ya no importaba. Respiró con fluidez. Las Damas de Acción Directa tenían un trabajo para aquella noche.

Entonces volvió a leer el nombre apuntado y frunció el ceño.

Luego se le cortó la respiración.

14

UNA hora después de la llamada telefónica, la viuda de don Agapito Puigdevalls todavía seguía pestañeando aturdida cada vez que veía el nombre de su último interlocutor escrito en su pulcra libreta de anotaciones. Su prima Eduvigis y su amiga Leocadia, impertérritas, asistían solemnes al proceso mental que se desataba ante ellas, entre paseo y paseo de la presidenta de la agrupación de Damas de Acción Directa.

—¿Os dais cuenta, no? —dijo la anfitriona por enésima vez.

Las dos mujeres, tan enlutadas de arriba a abajo como ella, asintieron al unísono con la cabeza en silencio.

—Una cosa es que llame un desconocido, un infortunado del destino —repitió—, y otra muy diferente que llame una persona más o menos importante como don Florencio Peñaranda. Importante por el cargo que ocupa en el banco, por supuesto. No debo deciros que, después de Ricardo Sospedra, el director, él es quien más pesa.

Sus compañeras volvieron a asentir, corroborando sus palabras.

—¿Comprendéis lo que puede hacer un borracho en un banco, no? —se estremeció visiblemente nada más pensarlo—. El vicio denigra a los seres humanos hasta límites tan... horribles.

Su prima Eduvigis carraspeó, demostrando con ello que quería entrar en la conversación, o mejor decir monólogo. Ella la miró con acritud.

—Siempre hemos actuado en secreto, amparando a quienes nos piden ayuda, y no veo que esta vez sea distinto si nos atenemos al espíritu de...

—¡Eduvigis! —la interrumpió la presidenta de la agrupación—. ¡Te recuerdo que en ese banco, y más aún, en su sucursal tengo depositados todos mis ahorros, mis bienes, cuanto me legó mi difunto marido! Cualquier precaución es poca. Además...

—Sigue Leoncia, sigue —la alentó Leocadia al ver que se detenía, como iluminada por una repentina idea.

—Además... el director no sólo es amigo mío, sino que es... primo del alcalde —se dejó caer en una butaca con el ceño tan fruncido que sus ojos apenas si formaban una línea recta sobre el arco gafoso de su nariz—. Una cosa, por supuesto esencial como es ayudar a ese hombre que ha confiado en nosotras, puede ir de la mano de otra como es... que ganemos puntos para lo de la calle... y el monumento, sin olvidar el local social.

—Leoncia, eres maravillosa, ¡qué percepción la tuya! —ponderó Leocadia ignorando la furiosa mirada de Eduvigis, molesta por no haber sido ella quien dijese algo parecido.

La presidente de las Damas de Acción Directa, vencía sus últimos escrúpulos.

—Nadie podrá pensar que hacemos un pacto con el diablo. En absoluto. Ayudaremos a ese infeliz, protegeremos al banco donde cuidan de nuestras reservas económicas, y sé que puedo confiar en Ricardo Sospedra, y finalmente demostraremos lo útiles y esenciales que somos, y por tanto la urgente necesidad de contar con ese local social. El alcalde no tendrá más remedio que... ¡Oh, después de todo quizás esto sea una prueba, una señal! —levantó la cabeza en dirección al techo, y más allá de él, el cielo, y concluyó con un solemne ¡gracias, Agapito!

Acto seguido se levantó de la butaca que ocupaba, dio tres pasos y se sentó en la otra, frontal a la primera, al lado de la cual estaba el teléfono. En medio, ocupando el sofá, sus dos invitadas y principales colaboradoras la observaron impresionadas por su vitalidad. Leoncia de Puigdevalls marcó un número tras buscarlo en una agenda y esperó unos segundos. Tuvo suerte.

—El señor Sospedra, por favor. Sí, de parte de la viuda de Agapito Puigdevalls.

Esperó.

Al otro lado del teléfono escuchó unos gritos, pero en modo alguno los atribuyó a su llamada. Se sabía una persona apreciada, aunque a veces, la gente, ante su presencia, se comportaba de una forma ambigua y extraña. Pasó cerca de un minuto hasta que el director de la sucursal bancaria donde trabajaba el padre de Lamberto se puso al aparato.

—¡Leoncia —cantó exageradamente—, qué placer oírte!

Ella no se fue por las ramas. Odiaba los halagos. Llamarse Damas de Acción Directa era tanto por la forma en que actuaban como por el hecho de ir directamente al grano siempre.

—Ricardo, he de decirte algo desagradable —le soltó de forma fulminante—. Espero sepas ver en

ello mi total y absoluto espíritu de colaboración, y que sepas también valorar el tremendo esfuerzo que supone para mi tensión lo que estoy haciendo.

—¡Me asustas, Leoncia! —exclamó su interlocutor con excesivo énfasis, afortunadamente no percibido por ella, centrada por completo en su papel.

—¿Qué opinas de tu interventor y principal colaborador, Florencio Peñaranda?

Ricardo Sospedra iba de pasmo en pasmo.

—¿Peñaranda? —inquirió—. ¿Qué quieres que opine? Es un hombre eficaz, cumplidor, para el que no hay horas puesto que va al banco hasta por las tardes... —recordó que gracias a ello, él podía ir a

jugar al tenis y hacer un sinfín de cosas, en la confianza de que todo quedaba en buenas manos—. No sabría qué hacer sin él —reconoció—. Cuando me pusieron a mí de director y no le nombraron a él, ni siquiera protestó.

—¿No has pensado que tal vez prefiera ser el segundo, ya que así cuanto hace pasa más... desapercibido, y en caso de problemas el que acabaría dando la cara y pagando los platos rotos sería el director, o sea tú? —arguyó con misterio.

—¿Qué quieres decir?

—¿Y por qué va cada tarde a trabajar? ¿No será para estar solo y tener a su alcance la caja fuerte, los libros de contabilidad, el manejo de los ordenadores con las cuentas...?

—Leoncia me estás poniendo nervioso. ¿A dónde quieres ir a parar?

La viuda de don Agapito Puigdevalls hinchó su escaso pecho, reuniendo todo el aire posible en sus pulmones. Se revistió de su más solemne dramatismo para acabar diciendo:

—Ricardo, ese hombre, Peñaranda, bebe. Es un alcohólico desesperado.

Esta vez el silencio casi pudo palparse, y como solían decir en las novelas, cortarse como la mantequilla.

Las tres mujeres intercambiaron una mirada triunfal.

15

LAS manchas terrosas de la pared posterior no se iban con agua, al contrario, en todo el rato que llevaba echándoles cubos y frotándolas con un paño, su apariencia había empeorado ostensiblemente, y ahora su color era mucho más oscuro, como rojizo, y formaba una especie de pasta que se resistía a desaparecer.

Lamberto miró la pared con resentimiento.

—Malos materiales —sentenció—. Espero que papá se dé cuenta del favor que le he hecho descubriéndolo y no tenga en cuenta el método empleado para hacerlo.

Confiaba en que pudieran demandar al constructor, o al vendedor. Eso ayudaría todavía más.

Caminó, tras rendirse en su acción limpiadora, hacia la valla que separaba su jardín del de don Ubaldo. Tenía la vaga esperanza de que Tobías estuviese dormido y pudiera recoger las pelotas de tenis. Su esperanza se rompió a pedacitos diminutos cuando se asomó y vio a Tobías, impávido e inalterable, en el mismo lugar en que le viese por última vez horas antes, rodeado por las pelotas de tenis. Parecía no haberse movido del sitio.

—¿No tienes otra cosa que hacer que ir fastidiando a los demás? —le gritó.

Tobías dejó caer un palmo de lengua y la sensación de que se reía de él reapareció.

Lamberto se resignó.

Había ayudado a Fede consiguiéndole un puesto en el equipo de fútbol, a Lidia haciendo que el memo de Eduardo se diese cuenta de sus sentimientos, y a su padre poniéndole en el camino de aquellas esperpénticas Quijotes. Si pudiera hacer algo por su madre... sería perfecto. Ni uno sólo de los cuatro se atrevería a recriminarle nada por el desliz tonto del cristal de don Ubaldo. ¡Cualquiera podía tener un accidente!, ¿o no?

—Nadie es perfecto, aunque yo esté dispuesto a serlo desde hoy —rezongó.

Introdujo la mano en su bolsillo y acarició las seiscientas noventa y cinco pesetas resultantes de un día muy interesante y que aún no había finalizado. Un día especial. Con aquello podía comprarse por lo menos media pastelería, y seguro que le sobraría para ir al quiosco a por algún tebeo. Tomó la decisión que le mantendría ocupado durante las siguientes dos horas cuando oyó la voz de su madre llamándole.

—¡Lamberto, hijo, ven! ¿Estás ahí?

Se apresuró a presentarse, no fuese que ella lo

buscara y se encontrara con lo de la pared antes de hora. Su madre lo esperaba en la puerta principal, con las manos unidas y una expresión desasosegada en su rostro. Nada más verle, le espetó.

—¡Oh, Lamberto, tengo un grave problema! —gimió—. Acaba de llamarme la tía María y he de irme a Barcelona ahora mismo. Si cojo el próximo tren puedo estar de vuelta en cosa de tres horas, pero... ¿qué hago con Olvido? Ya me dirás. He llamado a tu padre y tiene trabajo, como siempre, y no localizo a tus hermanos, por lo que...

Esperaba el primer torrente de protestas, algo así como: «¡El primer día de vacaciones! ¿Quieres decir que he de quedarme toda la tarde en casa haciendo de niñera? ¡Yo no pedí una nueva hermana!» En cambio, antes de que pudiera finalizar sus palabras, se encontró con la rápida respuesta de su hijo.

—Yo me quedaré con Olvido, mamá, no te preocupes. Tú ve a Barcelona y no sufras ni corras, no sea que te pase algo.

Fue todo un golpe. Primero le cortó la respiración por la sorpresa. Luego le hizo mirar a Lamberto como si tuviese fiebre o algo así. Después receló unos segundos, muy difusamente, víctima de su experiencia constante. Pero finalmente la urgencia de la situación, lo precario de la hora, y su corazón amoroso y esperanzado con relación a él, hizo que su parte más cándidamente materna aflorase para dejar paso a una sonrisa de afecto y gratitud.

—Oh, Lamberto —dijo.

Se dejó abrazar e introducir en la casa. Su madre le llevó directamente a la cocina para darle las instrucciones pertinentes. No es que las necesitase, ni que fuese un crío, pero sabía que así ella se quedaría más tranquila.

—No toques el gas para nada, ni juegues con cerillas, ni abras grifos. Ya le he dado el biberón a Olvido, así que hay tiempo hasta que regrese. Si llora, ve a ver si está mojadita pero no la cambies. Todo lo más quítale el pañal... ¡sin sacarla de la cuna, no fuera a caérsete! Lo mejor que puedes hacer es quedarte leyendo o jugando...

—Y ahora... —su madre ya estaba arreglada y tenía el bolso en las manos. Abrió el monedero y extrajo una moneda de cien pesetas—. Toma, para ti. Por tu cooperación.

Cien pesetas más. Increíble. ¡Qué día! Si seguía así, se haría millonario antes de cumplir los veintiuno.

Además, su madre le daba el premio no después, al regresar y comprobar que todo había salido a las mil maravillas, sino antes, en prueba de confianza. Eso le emocionó aún más.

—Gracias, mamá —dijo.

Su madre pasó por su lado como una centella. No dejó de darle instrucciones de lo más insólitas, como que no se subiera al tejado o dejara el teléfono en paz, y acabó marchándose de una casa en silencio poblada tan sólo por la durmiente Olvido y el muy despierto Lamberto, por rara circunstancia convertido en amo y señor de su contorno.

—Soy el único superviviente de un bunker sitiado por el enemigo —dijo instantáneamente entrecerrando los ojos y mirando a derecha e izquierda con recelo—. Lo defenderé con uñas y dientes, y no dejaré que nadie se acerque al herido que espera a vida o muerte que lleguen los helicópteros para rescatarle. ¡Es la guerra!

Y se arrojó en acrobático salto hacia el pasillo, rodando por el suelo mientras las balas enemigas volaban a su alrededor sin darle, porque para algo él era el chico.

16

LOS helicópteros llegaron, pero no pudieron rescatar a Olvido porque el enemigo les abatió uno por uno. Con arrojo y desprecio de su vida, logró salvar a todos los pilotos. Luego la lucha fue cuerpo a cuerpo hasta que, por desgracia, decapitó a la muñeca con la que peleaba, propiedad de Lidia. Le puso toda la cola que pudo en el cuello y confió en que se secara antes de la noche. Con la rendición del enemigo acabó, rápidamente, el juego. Entonces lo llevaron a la capital para condecorarlo y el rey lo abrazó llorando de emoción. Como era un héroe de guerra le hicieron jefe de espías. Sí, mucho mejor. Siendo espía no había riesgo de que decapitara a ningún enemigo-muñeca. Se dedicó a ir de habitación en habitación, sacando la cabeza aquí y allá, y fotografiando esto y aquello. Por desgracia miles de espías acabaron siguiéndole, porque él era el más famoso del mundo, y en un audaz golpe de valor los capturó a todos no sin antes pagar un elevado precio: el desgarro de una cortina de la sala. No era un corte muy grande, y lo disimuló bien.

Pasarían semanas, o meses, antes de que lo notaran. Seguro.

Llevaba veinte minutos solo y parecía que hubieran pasado tres horas.

—Qué despacio pasa el tiempo cuando se está solo —rezongó.

Miró a su alrededor, abrumado, y entonces recordó su cita con Mariano.

—¡Atiza! —gritó.

Le quedaban apenas cinco minutos para llegar, y ya se disponía a salir a escape cuando recordó a Olvido. Se detuvo en seco, consternado.

—Vaya, ¿qué voy a hacer ahora?

No podía faltar a su cita. Era casi cuestión de honor. Pero tampoco podía abandonar el fuerte dejando sola a su hermana pequeña. Su madre había confiado en él y estaba dispuesto a cumplir.

Una dura pugna entre los dos lados de su conciencia se desató en su ser.

Mariano u Olvido. Irse o quedarse.

Un momento... ¿qué era lo que solía decir don Esteban, el profesor de literatura? Siempre aplicaba a todo su máxima más decisiva:

—Para todo hay un término medio.

¿Cuál podía ser el término medio de aquella situación? Se esforzó en dar con él y repentinamente entrechocó sus manos. Lo había visto claro en un santiamén.

—Fantástico —se animó—, eso de llevar una nueva vida también te da mayor agilidad mental.

Era sencillísimo. Bastaba con meter a Olvido en el cochecito de paseo, bien abrigada, y acudir a la cita con Mariano. Como no había nadie en casa le convencería para que regresase con él. No estaría fuera... ni media hora, menos incluso. Una vez en casa aún dispondrían de dos horas para escoger la ropa que iba a darle y jugar. ¡Un plan perfecto!

Fue a la habitación donde Olvido dormitaba plácidamente después de su último biberón. El cochecito, uno de esos grandes y aparatosos, enteramente cubierto, estaba plegado a un lado. Lo desplegó y preparó, luego tomó a su hermana en brazos, teniendo cuidado no fuera a caérsele, y la depositó en el mullido fondo. Iba provista de una especie de mono que la cubría enteramente, pero aún así la tapó bien con una mantita y una frazada. La pequeña ni se dio cuenta del cambio y continuó dormitando feliz. Acababa la sencilla operación, se puso la cazadora y empujando el cochecito salió al exterior, sin olvidarse de coger las llaves y cerrar bien la puerta.

No pudo correr mucho, temiendo que Olvido fuera a despertarse, y por esta razón llegó más de quince minutos tarde a su cita. Respiró aliviado al comprobar que Mariano le esperaba en el lugar en que quedaran por la mañana. El muchacho se le acercó lleno de curiosidad.

—Tío, creía que me habías dejado colgado. ¿Qué llevas ahí?

—Mi hermana pequeña —buscó una forma de aparentar importancia y que Mariano no fuera a pensar que era uno de esos que iba con niñas o hacía de niñera—. Mi madre me ha largado una pasta para que la vigilara esta tarde, porque de todas formas sólo se fía de mí, ¿sabes?

Mariano le palmeó la espalda.

—Eres grande —anunció—. ¿Has traído la ropa?

Le contó el plan. Mariano torció el gesto primero, pero luego, al saber que la casa iba a estar vacía hasta al menos dos horas más, se animó. Decidieron no perder ni un minuto y dieron media vuelta. No habían dado ni una docena de pasos cuando Lamberto se agachó para recoger un duro del suelo. Le pareció una nueva dádiva de los hados.

—Ochocientas —cantó feliz—. Justas.

Eso le hizo recordar su pequeño capital. Lo de pasar en ese mismo instante por delante de la pastelería ya fue otro cantar. Pensó que tampoco era necesario empezar desde el primer día. Cuando llegase a los veintiuno no iba a venir de ochocientas pesetas de más o de menos. ¿Qué son ochocientas pesetas cuando se tienen millones? Si lo gastaba... pues nada, que ya se encargaría de ahorrar desde el día siguiente. Ochocientas pesetas por día eran... veamos, ocho por siete con dos ceros detrás... ¡cinco mil seiscientas pesetas a la semana! Al año representaba... cincuenta y seis por cincuenta y dos, con los ceros... Lo dejó. Tampoco había que fiarse, porque unos días ganaría más de ochocientas y otros menos. Si ganaba mucho siempre podría dejar de estudiar y poner un negocio destinado exclusivamente a hacer el bien. Eso tenía sentido. Su padre lo aprobaría.

Las monedas repicaron en su bolsillo.

—Ven —decidió—, te invito.

Entraron en la pastelería. No podían acercarse al mostrador con cochecito y todo y lo dejaron «aparcado» justo al lado de la entrada. Olvido seguía muy dormida. Era una santa. Luego pasaron casi cinco minutos discutiendo acerca de los diferentes tipos de chocolate, los pasteles de crema y los caramelos, peladillas y demás dulces de colores. Lamberto descubrió que, a pesar de su fortuna, la cosa no daba para mucho. Tuvo una agria discusión con la pastelera sobre la necesidad de que le hiciera un buen descuento, por hacer una compra importante, y tras decidir que no volvería a poner los pies allí, escogió con minuciosa tacañería el material a comprar. Una docena de clientas y clientes, que habían aparecido después que él y su amigo Mariano, empezaron a mostrar su desaprobación por la espera, de forma que la animosidad creció y la retirada fue especialmente conflictiva. Todos les dieron la espalda finalmente, y reanudaron la discusión, ahora para decidir el turno de su llegada. Ninguna parecía estar de acuerdo con las apreciaciones de los demás.

Lamberto y Mariano les sacaron la lengua y se echaron a reír. Junto al cochecito de Olvido había otro cochecito igual, de la misma marca, modelo y color. Pero como él puso el suyo junto a la entrada, sabía perfectamente que ese era el de su hermana. A Olvido no se le veía más que un pedacito minúsculo de frente, de lo tapada que estaba.

—Vamos —le dijo a Mariano—, no sea que algo se tuerza y el día acabe mal. Además, está empezando a refrescar y como ella pille un constipado...

—¿Me dejas empujar a mí? —le pidió su nuevo amigo.

Lamberto le cedió el puesto, orgulloso.

—Claro.

Compartieron el primer pastel, de chocolate negro, y echaron a andar calle abajo.

17

CRISTINA Pons esperó a que Fede estuviese casi a su altura para salir por la esquina y chocar con él. La operación, minuciosamente ensayada, le salió muy bien. Sus libros rodaron por el suelo, y él, lejos de protestar por el incidente, se apresuró a recogerlo todo, pidiéndole disculpas por ir flotando, con la cabeza en la luna.

Su última conversación juntos, cuando intentó ligársela para que su padre le metiera en el equipo, no había sido precisamente buena, así que Fede acabó entregándole los libros tan nervioso como asustado. Entonces reparó en la ancha y expresiva sonrisa de la muchacha.

Y en el tono dulce y tierno de sus ojos.

—Hola, Fede, ¿cómo estás? Tienes muy buen aspecto —dijo ella.

Fede parpadeó asustado. No entendía nada, salvo que la hija del entrenador estaba allí, con él, sonriéndole y mirándolo de una forma la mar de rara.

—Bien, bien... muy bien... —tartamudeó.

—¿Hacia dónde vas?

—Iba a casa de Arturo Clará a recoger un...

—Estupendo. Yo voy en la misma dirección —cantó Cristina—. Te acompaño.

Fede aún lo entendió menos, pero no dijo «esta boca es mía». A los tres pasos su compañera se le colgó del brazo, como si nada. La observó de reojo y tragó saliva. Todavía no sabía si podía considerarse un tipo de suerte o si aquello iba a repercutir desagradablemente en su máxima aspiración. A veces a las chicas no había quien las entendiera.

Pensó que lo mejor era ser valiente y dar la cara. Poner las cartas sobre la mesa. No hubiera resistido un juego o un pulso del tipo que fuese habiendo tanto en el punto de mira de su interés.

—Es fantástica esta coincidencia —comenzó a decir—, porque me temo que el otro día hubo un mal entendido y pensaste que yo...

—Oh, no hay ningún problema —aseguró ella—. En realidad, tu impulsiva invitación y tu forma de actuar me ha dado mucho que pensar estos últimos días, y me ha hecho ver muchas cosas.

—¿Ah, sí? —el desconcierto de Fede se hizo patente por más que intentó parecer seguro de sí mismo—. ¿Como cuáles?

—Pues por ejemplo... —el tono de Cristina se hizo pícaro y misterioso—, que una chica ha de saber lo que le conviene, cómo y cuándo le conviene.

Fede abrió la boca y la volvió a cerrar al momento, sin poder articular palabra.

—Supongo que ese maldito partido ha complicado mucho las cosas —suspiró la muchacha.

—Estoy de acuerdo —asintió él.

—Yo, es que... verás, estoy segura de que hay cosas mucho más importantes, ¿entiendes? Cosas como... los sentimientos, la relación entre las personas, el amor en los momentos difíciles... No sé si me explico.

Fede notó la presión en su brazo. Era como si Cristina, además de hablarle con los ojos y con los labios, lo hiciera mediante ese contacto. Su desconcierto aumentó progresivamente.

Cristina se detuvo de pronto.

—Escucha, Fede —dijo.

Cristina Pons había visto muchas películas, y estaba segura de que la mayoría no podían ser inventadas. Todo se sacaba de la realidad. Todo tenía un antes hecho de carne y hueso, de sentimientos, hasta las películas de las galaxias. En ese momento se sentía, por ejemplo, como Meryl Streep en «Memorias de África», despidiendo a Robert Redford antes de que se matara en avión.

—¿Sí? —exhaló Fede.

—Hay cosas más importantes que esa final —dijo ella mirándole intensamente—, y es necesario que lo sepas.

—¿Qué hay más importante que la final? —balbuceó él.

—Ya te lo he dicho: los sentimientos, las personas, tú... yo...

La nuez de Fede subió y bajó de un salto.

Bueno, nunca le había gustado Cristina Pons, pero tampoco estaba mal. En fin, que bien vista... Sin embargo, la situación carecía de lógica, y él se tenía por alguien muy, muy lógico.

—Sé lo que te pasa, y quiero que sepas que yo estaré a tu lado, ¿entiendes?

—¿A mi lado?

—Hasta el fin.

No iba a jugar la final. Era eso. Cristina lo sabía y aprovechaba el momento más duro de su vida para decirle que estaba enamorada de él. Porque era eso... ¿o no?

—No estoy... en el... equipo... ¿verdad?

La muchacha aumentó la presión de su mano sobre el brazo de su compañero. Su otra mano hizo lo mismo en el otro brazo. Sus ojos desprendían chispas, luces. Parecía que iba a llorar.

¡Qué valor!, se dijo. Fede iba a enfrentarse a la muerte el lunes... y seguía pensando únicamente en el partido, en sus compañeros, en la victoria y el honor. ¿Cómo había estado tan ciega antes? De pronto todos los chicos le parecían vacíos, estúpidos, pedazos de músculo sin cerebro ni sensibilidad. ¡Qué suerte conocer el terrible secreto de Fede y, de esta forma, tener la posibilidad de acceder hasta su corazón!

—Estabas en el equipo —musitó con un hilo de voz—. Sin embargo ahora...

Fede sintió un sudor frío recorriéndole la espina dorsal.

—¿Cómo que... estaba en el equipo? ¿Por qué hablas en... pasado? ¿Qué quieres decir con eso de que «ahora»...?

Cristina se puso de puntillas y le dio un suave beso en la comisura de los labios. Fue apenas un roce. Fede no se movió.

Además del frío, se sentía horrorizado.

—Tú eres lo más importante ahora, cariño —dijo ella—. Has de pensar sólo en ti, ¿entiendes? El lunes, cuando entres en ese quirófano, yo estaré a tu lado. Espera... —le puso un dedo en los labios—, no digas nada. Dejemos que estos instantes se conviertan en la llave de nuestro futuro.

Suspiró feliz. Le había quedado muy bien. De auténtica película.

Fede parecía haber comprendido, finalmente.

Su cara era todo un poema.

18

FLORENCIO Peñaranda desconectó la pantalla del ordenador, recogió el extremo del rollo de papel de la impresora, e hizo una última comprobación antes de respirar profundamente y cerrar los ojos. Se pasó una mano por los párpados.

Después de todo, lo había arreglado.

Ahora sólo necesitaba hablar con María, la cajera, personalmente, y también con Isidro, aunque la clave fuese ella, por el puesto que ocupaba en la entidad bancaria. Todo antes de que Ricardo Sospedra se enterase. Y no es que temiese esto especialmente, sino que más bien era una fórmula de seguridad, una garantía. Sospedra tenía reacciones extrañas. Unas veces actuaba de amigo y camarada, y otras se pasaba en su cargo de director. Bueno, a lo mejor si hacía méritos suficientes lo trasladaban a otra sucursal, lo ascendían, y entonces él...

Por suerte, Ricardo Sospedra no se enteraba de la misa la mitad. Lo suyo eran las relaciones públicas, darles palique a los clientes, negociar créditos, convencer a quien fuese de que una libreta a tal

tanto por ciento o unos bonos de máxima seguridad eran esenciales, aun cuando eso no fuese cierto y de lo único que se trataba era de incrementar los activos de la sucursal, el número de cuentas y los recursos.

Quizás por esa razón no le hubiesen nombrado director a él, porque lo más seguro era que él no les comería el coco a los pobres pensionistas, y que diera cuantos créditos le pidiesen, sin tanto papeleo ni historias de avales y el timo de los intereses.

—Florencio, eres un tonto —se dijo en voz alta.

Y ahora lo de María, la cajera, e Isidro, uno de los empleados.

El ya había notado cómo se miraban, y que María llevaba dos semanas en el limbo. Que dos personas se enamorasen no tenía nada de extraño. Ni tampoco lo tenía que María ya hubiese pasado de los cuarenta y que Isidro fuese un viudo de casi los cincuenta. No, eso no tenía nada que ver.

Pero que María, aquel día, se hubiese marchado sin casar las operaciones efectuadas en la jornada, y que hubiese una diferencia de cien pesetas en la caja, eso sí era grave. No por las cien pesetas, claro, sino por el inmenso lío que era encontrarlas. Había que examinar entradas, salidas, sumar, restar... Por suerte dio con ello y punto.

Hablaría con ella seriamente al día siguiente. Y con Isidro. Les diría que tuvieran cuidado. Les ayudaría. Luego ya se las arreglaría para que Ricardo Sospedra no lo tomase a mal.

Le quedaban sólo un par de cosillas que hacer. Iba a meterse con ellas cuando sonó el teléfono. Estuvo a punto de no cogerlo, porque por las tardes no tenía por qué haber nadie en el banco. Luego pensó que tal vez fuese Ágata, su mujer, y cambió de idea. Descolgó el aparato.

—Señor Peñaranda...

Increíble: el director, Ricardo Sospedra. ¿Qué podía querer?

—¿Diga, señor Sospedra?

Una breve pausa. Una inflexión.

—Señor Peñaranda, sé que hubiera podido decirle esto mañana por la mañana, pero también sé que entonces no hubiera podido dormir esta noche y dadas las circunstancias... —otra pausa—. Creo que el tema es lo bastante grave como para afrontarlo de inmediato. Me imagino que... bueno, ya sabrá usted de lo que le estoy hablando, ¿no es así?

Florencio Peñaranda se quedó perplejo. Claro que lo sabía. Pero nunca hubiese imaginado que el director estuviese enterado de ello. Quizás lo menospreciase, y por eso era director. Él lo había sabido sin necesidad de tanta historia. Vaya, vaya.

—Sí, lo sé —convino.

—Entonces huelgan palabras —continuó Ricardo Sospedra—. Quiero saber únicamente una cosa, ¿es verdad?

¿Qué podía decir?

—¿Cómo lo ha sabido? —preguntó.

—Vamos, señor Peñaranda, eso ahora no importa.

Cierto. Lo único importante era que lo sabía y punto. Desde luego, le había juzgado mal, estaba muy claro. El mismo hecho de llamarle a esas horas demostraba su interés, que se preocupaba por el banco y aunque fuese en segundo grado, también por el personal.

—Sí, es cierto —dijo el padre de Lamberto.

Esta vez la pausa fue mucho más prolongada. La voz del director se hizo grave, revestida de rigor y tensión.

—Escuche, sé que es duro para usted, pero... haremos lo que esté en nuestra mano, ¿conforme?

—Sí, sí señor.

—Diga, esto... ¿ha afectado en algo el trabajo? Ya me entiende, quiero decir...

Las cien pesetas. Por supuesto no sabía la cantidad exacta. Y daba lo mismo que fuesen cien que mil. Simplemente había deducido que estando Ma-

ría en el limbo... ¡Qué habilidad! Esta vez tenía que
quitarse el sombrero.

—La cantidad es inapreciable, y está controlada
—aseguró él.

—¡Dios mío! —oyó decir a Ricardo Sospedra—.
Está bien, señor Peñaranda. Ahora hará exactamente lo que yo le diga, ¿de acuerdo? Váyase a casa y
pasaré más tarde a verle, en cuanto pueda. Esto ha
de solucionarse sin ningún tipo de publicidad, por
el bien del banco.

Tampoco era para tanto. Pensó que el director
se estaba pasando.

—Pero, señor Sospedra...

—Ni una palabra más, por favor. Hay que man-
tener la cabeza serena y eso es todo. Ahora... no
puedo seguir hablando, compréndame. Nos vere-
mos luego en su casa. Buenas noches.

Colgó, y Florencio Peñaranda se quedó un rato
mirando el auricular sin comprender por qué su
director convertía algo tan simple en una situación
de emergencia.

Luego se encogió de hombros y continuó con lo
que iba a hacer.

Ya no pudo apartar de su cabeza el misterioso
comportamiento de Ricardo Sospedra.

19

LIDIA se quedó bastante sorprendida al ver a Eduardo Coll esperándola a la salida de la academia de baile. Miró a derecha e izquierda buscando a Marta y no la localizó por las inmediaciones. Eso hizo que su extrañeza aumentara.

Salvo que...

Eduardo quisiera confiarse a ella. Marta estaba superenamorada y no tendría nada de sorprendente que él también la amase. En estos casos la amiga o el amigo común era decisivo.

Llegó hasta el muchacho y le envolvió con una sonrisa especial, mitad intencionada, mitad pícara mitad cándida. Después de muchos ensayos delante del espejo para ver cómo quedaba, ésta la tenía catalogada como su «sonrisa de proceso rápido número uno».

La reacción de Eduardo fue extraordinaria. Una réplica bobalicona y cursi que en forma de media luna se quedó colgada de su cara. Sus ojos adquirieron la expresión de un besugo.

—Hola —le saludó ella borrando su sonrisa rápidamente—. ¿Cómo tú por aquí?

—Bueno... supongo que tenía que verte.

—¿Ah, sí? —Lidia comenzó a caminar, animada. Le encantaba la situación. Se sentía importante. Claro que no entendía cómo Marta podía estar tan colada por Eduardo Coll, que ni de lejos era un plato de primera. Lo entendería si fuera por Cristóbal Planas, o por Matías Nadal. Bueno, el amor de todas formas es ciego. Y mejor así. Aunque fuese su mejor amiga, siempre era un rival en potencia. Miró a su acompañante y dijo—: ¿Has visto a Marta?

—Sí. Hace un rato.

Eso le confirmó su teoría. Posiblemente Marta hubiese dado el paso decisivo, confesándole sus sentimientos abiertamente, y ahora él... necesitaba hablar con ella, sinceramente y como amigos. ¡Cuando se lo contase a Marta!

—¿Y qué? —preguntó Lidia.

—Se lo he dicho —confesó Eduardo.

—¿Tú a ella? —Lidia volvió a mirarle, con mayor admiración. ¡Vaya, y según Marta parecía tímido e inseguro, falto de confianza!—. ¿Y qué ha dicho?

—Se ha quedado muy sorprendida, la verdad. Parecía... desconcertada.

Lidia tuvo ganas de reír. ¡Menuda comediante! Ya se la imaginaba fingiendo no saber nada: «¿Estás enamorado de mí, Eduardo? ¡Oh... pues no sabía nada, claro que...! Me dejas tan impresionada».

—Es natural —afirmó Lidia.

—Le he dicho que lo
sabía, que esas cosas no
pueden mantenerse ocultas.

—No, supongo que no, y
mejor así.

Eduardo comenzó a
sentirse seguro. Todavía
tenía un poco de miedo, pero
ahora estaba claro que
Lidia, demostrando una
gran madurez, aceptaba los
hechos tal y como eran.
Ni siquiera le molestaba
que el anonimato de su
poema ya no existiese. ¡Qué
chica! ¡Y qué ciego había estado él... si hasta pensaba que Marta era mejor!

—Vaya, no sabes lo tranquilo que me dejas
—suspiró—. Temía que el hecho de descubrir yo
la verdad tan rápidamente te... molestase.

—¿A mí? ¿Por qué habría de molestarme? Todo
es más sencillo ahora, ¿no?

—Mucho más sencillo —corroboró él. Y le pasó
un brazo por los hombros—. Oye, quiero que sepas
que ha sido precioso, verdaderamente emocionan-
te, especialmente el final.

A Lidia se le transmutó un poco la cara, pero
continuó andando como si tal cosa. No le parecía
bien tanta confianza pero podía entenderlo: ahora

él era el novio de su mejor amiga, y por tanto...
Además, ella había sido el engranaje, el eje de que
todo hubiera sido posible. Naturalmente, Eduardo
le estaba agradecido.

—¿Cómo es posible que lo hayas tenido oculto
durante tanto tiempo? —preguntó él.

—No iba a ir gritándolo por ahí.

—Te quiero más que a mi vida, y tú no sabes
que existo... —comenzó a recitar Eduardo en voz
alta—. Te daría todo mi aliento, si tú quisieras
tenerlo...

Lidia estuvo a punto de reírse. ¡Menuda cursilada!
Luego comprendió que el amor cambia a las personas. Lo más probable es que a ella también le
sucediese algo parecido. En parte tenía un poco de
envidia. Por pura cortesía dijo:

—Qué bonito, ¿es tuyo?

Eduardo la detuvo. La sonrisa bobalicona volvía
a estar colgada de su faz.

—No seas tonta —musitó.

Y en el mismo momento en que se inclinó para
darle un beso, ante el susto y el pasmo de una
boquiabierta Lidia, surgió entre los dos, convertida
en una furia iracunda, un huracán de lágrimas y
gritos llamado Marta.

20

MARIANO se detuvo en la puerta, literalmente doblado por el inmenso saco que llevaba a su espalda. Otro más pequeño, sujeto por la mano derecha, descansaba en el suelo. Tuvo que dejarlo para tendérsela a Lamberto.

—Tío, de verdad, eres fantástico.

Lamberto exhibió una sonrisa de orgullo. Su mano se encontró con la de su nuevo amigo, y las dos sellaron el supremo instante de la despedida y el colofón de un gran día.

—No tiene importancia, de verdad —dijo lleno de humildad, porque para hacer el bien se necesitaba ser muy humilde.

—Bueno, pues... será mejor que me vaya —dijo Mariano mirando receloso hacia la calle, más allá de la puerta del jardín—. No sé por qué, pero los viejos de mis colegas no me tienen demasiadas simpatías.

—Sí, los mayores son un poco raros —asintió Lamberto.

Mariano cogió nuevamente el saco del suelo. Se oyó un leve ruido metálico. El chico pareció asustarse porque comprobó al instante, con un gesto felino, la reacción de Lamberto, pero éste seguía en la puerta con una ancha sonrisa de oreja a oreja.

—Hay que ver cómo pesa la ropa vieja —dijo Lamberto al ver lo encorvado que iba su amigo.

—Sí, supongo que precisamente es por eso, porque es vieja. Por un lado se gasta, pero por otro va adquiriendo polución, el aire se mete por las fibras...

la ropa vieja ha vivido y eso la hace ser más pesada.

A Lamberto nunca se le había ocurrido tal explicación. Era asombroso. Contempló admirado la retirada de Mariano, por cierto embutido en algunas de sus prendas más nuevas, vaqueros, camisa, jersey y cazadora. Y es que no iba a darle simplemente lo viejo. Eso no hubiera sido justo. En el saco también llevaba ropa vieja de su padre, de su hermano Fede, de su hermana Lidia, y de su madre. Y hasta cosillas de Olvido. Resultaba que Mariano tenía exactamente lo mismo que él: padre, madre, hermano mayor, hermana mayor y hermana pequeña. ¡Qué casualidad! Y en cuanto a lo de la ropa, no quedaba la menor duda de que se trataba de un buen montón de prendas en desuso. Cierto que algún armario había quedado un poco vacío pero... Su hermana no hacía más que quejarse de que todo lo que tenía ya no le iba bien o estaba pasado de moda, y su madre siempre repetía que no tenía nada que ponerse. Y su padre odiaba el traje azul marino. No hacía ni dos días que le escuchó decir: «¡Odio este traje azul marino porque cuando me lo pongo significa que he de asistir a una cena aburrida o a cualquier tontería de esas en las que siempre andas metida, querida!»

Estaba claro.

Mariano rebasó la cancela de entrada. Al subir el escalón volvió a escucharse un sordo ruido metálico. Apresuró el paso mientras Lamberto agitaba su mano despidiéndolo. La otra encontró el último caramelo superviviente del atracón de un par de horas antes y lo desenvolvió con gesto maquinal. Lo introdujo en la boca y tanteó el bolsillo por si todavía quedaba algo más. Negativo. Ya no le quedaba ni un céntimo.

Iba a cerrar la puerta cuando por el extremo opuesto de la calle vio aparecer a su madre, a la carrera. Aguardó su llegada, y el consabido torrente de agitaciones que la acompañaban. Mariano ya había desaparecido a pesar de su peso.

—¡Ay, hijo, qué tarde, qué tarde! —la mujer pasó por su lado sin detenerse—. Y es que la tía María habla, y habla, y habla, y por poco si pierdo también este tren, ¡qué barbaridad! ¿Te ha dado mucho la lata Olvido? ¿No? Mejor, mejor. Si duerme será mejor que la deje y me ponga a hacer la cena... ¡Fíjate en la hora que es! ¿No ha llegado tu padre? ¡Menos mal! ¿Tus hermanos tampoco están aquí...? ¡Ay, Lamberto, hijo, no sé qué hubiera hecho esta tarde sin ti! La tía María me ha dado recuerdos y...

Su madre desapareció, sin dejar de hablar, por la puerta de la cocina. Iba a moverse cuando por la principal entró su padre. Nada más verlo le cubrió con una expresión de desconfianza fruto de su amplia experiencia como progenitor.

—¿Qué estás haciendo ahí?

Lamberto se sintió ofendido, y se revistió de una gruesa capa de inocencia.

—¿Yo? —dijo—. Nada.

Su padre también pasó por su lado buscando la paz de la sala.

—No sé qué es peor —dijo—, si eso de que no hagas nada y te prepares para ser un completo inútil, o que hagas algo y acabes fastidiándola y fastidiando a los demás.

Iba a decirle todo lo que había estado haciendo durante el día, pero prefirió esperar, ser cauto y paciente. Mejor que fuera sabiéndolo poco a poco, y así la impresión sería más fuerte. Ya vería, ya. ¡Qué pronto iban a cambiar las cosas, y todo lo que decían y pensaban de él! En unas pocas horas ya nada sería igual. Al nuevo Lamberto se uniría una nueva vida. Sus padres y hermanos se sentirían emocionados y orgullosos de él.

21

FLORENCIO, preguntan por ti.

Increíble. No hacía ni cinco minutos que estaba en casa y ya le molestaban. Todavía estaba a la mitad del primer artículo que leía, y eso que, por una vez, pensó que podría devorar el periódico sin problemas. Nada. Era una condenación. Por un momento pensó en la anunciada visita de Ricardo Sospedra, pero al levantarse con lo que se encontró fue con su mujer, en la puerta de la sala, invadida por una expresión de sorpresa, y detrás de ella con tres enlutadas damas de gesto grave y rostro petrificado. Vagamente recordaba a dos de ellas, pero la que iba por delante la conocía bastante bien, de verla por el banco, y desplegando sus alas de benefactora por la ciudad. Era la muy pesada y esperpéntica viuda de Agapito Puigdevalls.

El periódico cayó de sus manos.

—Gracias, señora Peñaranda —dijo ella entrando decidida en la sala, seguida por las otras dos.

Se sentaron juntas, en el sofá. Florencio Peñaranda y su mujer intercambiaron una mirada llena de dudas antes de que ella anunciase tímidamente:

—Yo voy a seguir... con la cena, si me disculpan.

Hubo un asentimiento general con la cabeza y Florencio Peñaranda optó por imitar a sus visitantes, volviendo a sentarse. Luego se enfrentó a su negra presencia, dominada inicialmente por el silencio.

—Bien, ya estamos aquí, hijo —manifestó de pronto la viuda de don Agapito Puigdevalls.

No sabía por qué le tuteaba, ni por qué le llamaba hijo.

—Sí, ya lo veo: están aquí —dijo por decir algo, aunque al momento se dio cuenta de que era una tontería.

—¿Lo sabe ella? —preguntó la cabecilla del trío.

—¿Quién?

—Tu mujer.

—¿Saber qué?

Leoncia de Puigdevalls plegó los labios y frunció el ceño.

—Bien, ya veo que no —refirió—. No deberías dejarla al margen, salvo que ella también...

La idea hizo que se envarara, imitada por las otras dos.

—Perdonen, pero... —trató de decir Florencio Peñaranda.

—No hay problema —le interrumpió la presidenta de las Damas de Acción Directa—. Lo resolve-

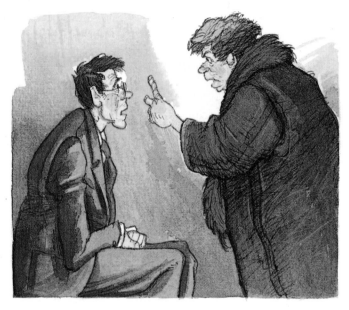

remos por duro que sea. Nos hemos enfrentado a
situaciones mucho más desesperadas, ¿verdad?

Sus compañeras dijeron que sí al unísono.

—No entiendo nada —dijo el hombre desalenta-
do. Había sido un día bastante duro y para lo que
menos estaba era para adivinanzas o soportar aquel
diálogo de besugos.

—Tu llamada ha sido patética. Es comprensible.
Raramente hemos visto una petición de socorro
más desesperada.

Decididamente estaban locas, aunque no parecían peligrosas.

—¿Qué... llamada? —soslayó inseguro.

Leoncia de Puigdevalls miró primero a su prima

Eduvigis y luego a su amiga Leocadia. Intercambiaron graves mutismos.

—Síndrome de vergüenza —explicó la primera—. Cuando se está sereno todo parece diferente.
Hasta es posible que no recuerde lo que ha hecho.

—Cierto —dijo Eduvigis.

—Cierto —dijo Leocadia.

—Habrá que actuar inmediatamente, y preparar-
nos para lo peor —continuó la presidenta de las
Damas de Acción Directa—. Afortunadamente, él,
en su subconsciente, desea ser salvado.

—Cierto —dijo Eduvigis.

—Cierto —dijo Leocadia.

Leoncia de Puigdevalls volvió a enfrentarse a
Florencio Peñaranda, que ahora consideraba ya seriamente si llamar primero a la policía y después al
manicomio, o viceversa.

—Vamos a ver, hijo —porfió la mujer—. El primer paso es muy sencillo, y yo voy a ayudarte a
darlo. Repite conmigo lo que voy a decirte. ¿Pre-
parado?

El padre de Lamberto vio cómo la cabecilla de
aquel contubernio se le acercaba, con los ojos muy
fijos en los suyos.

—Yo soy alcohólico —dijo ella muy lentamente—. Vamos, hijo, sé valiente. Repítelo conmigo: Yo
soy alcohólico.

Florencio Peñaranda abrió unos ojos como
platos.

22

LA madre de Lamberto tenía ya la cena casi a punto. Fede y Lidia no tardarían en llegar, aunque últimamente los dos no parecían demasiado centrados. Fede con su maldito fútbol, y Lidia... ¿Igual estaba enamorada?

Eso la asustó. Era una idea que traidora y solapadamente se había introducido en su mente.

—Espero que no se meta en líos tan pronto...

Recordó que ella, a la edad de su hija, ya andaba tonteando con el que luego sería su marido.

—Pero era diferente, claro —justificó.

Decidió no preocuparse antes de tiempo. Era de naturaleza optimista. Incluso el que más la asustaba, Lamberto, había dado aquel día muestras de una gran sensatez y cordura. Nunca un primer día de vacaciones, de Navidad, Semana Santa o verano, fue más tranquilo.

Sí, hasta Lamberto se hacía mayor, afortunadamente.

Para bien familiar.

¿Qué demonios querrían aquellas tres visitantes? Confiaba en que se marcharan inmediatamente, porque a su marido le molestaba sentarse tarde a cenar, o ingerir comida fría. Seguramente estarían haciendo una colecta, porque para otra cosa no servían. Tal vez quisieran proponer a Florencio para un cargo honorífico...

Eso no estaría mal. A fin de cuentas, pese a no haber llegado todavía a director de la sucursal bancaria, su marido valía mucho.

Abandonó la cocina y se encaminó al comedor. Abrió el cajón de los manteles y las servilletas y cogió el azul. Lo extendió sobre la mesa con matemática precisión, fruto de muchos años de experiencia. Luego colocó las cinco servilletas en su lugar. Suspiró.

Dentro de muy poco ya serían seis, porque Olvido pronto comería con ellos, en la mesa, mayorcita y...

Claro que si antes se casaba Lidia, o Fede se iba a estudiar al extranjero, o a Barcelona, al volver de la mili, por supuesto.

¡Ay, la mili! Otro problema.

Abrió el cajón de la cubertería para coger los cuchillos, los tenedores y las cucharas. Su precioso y antiguo juego de cubertería, regalo de sus padres al casarse hacía...

No se detuvo por el recuento de los años, sino por algo más extraordinario.

Mucho más extraordinario.

El cajón estaba vacío.

Su maravillosa cubertería de plata se había volatilizado.

No pudo decir nada, ni siquiera pensar en ello, porque en ese instante el llanto de Olvido se hizo patente de una forma exuberantemente vital, naciendo de cero para alcanzar una rápida plenitud. Más que un llanto parecía un alarido.

Echó a correr hacia la habitación, aturdida, pero reaccionando como madre consciente y amorosa a la llamada autoritaria de un tesoro. A fin de cuentas lo de la cubertería tendría una sencilla explicación. Aunque... ¿cuál? Bueno, se olvidó al momento al acercarse a la cuna de su hijita, que pataleaba desesperadamente, reclamando atención, amor, y por supuesto comida y limpieza.

Se inclinó sobre la cuna.

—Olvido, cariño —comenzó a decir.

Desde luego era una niña, y tenía aproximadamente los mismos meses que Olvido. Hasta llevaba un pijamita parecido, si bien de un color diferente. Pero decididamente...

No era Olvido.

Era su madre y nadie mejor para saberlo.

23

FLORENCIO Peñaranda salió de la sala, cerrando con cuidado la puerta tras de sí. Caminó lo mismo que un fantasma, buscando a su mujer, cuando se topó con ella, en mitad del pasillo.

—Querida... —balbuceó—, esas mujeres están locas...

—Querido... —desgranó ella—, la niña de la cuna...

—Quieren que diga que soy un borracho. No paran. Insisten en que lo repita con ellas...

—Es igualita que Olvido, pero no es Olvido...

—Cuando me niego me dicen que estoy enfermo y que me curarán...

—Y si no es Olvido, ¿quién es esa niña y dónde está mi pequeñita?

Dejaron de hablar y se miraron fijamente a los ojos.

—¿Qué? —se preguntaron mutuamente al unísono.

Ella fue la primera en reaccionar.

—Ven —dijo cogiéndolo de la mano.

Le condujo hasta la cuna. Una vez allí cogió a la lloriqueante —¡y qué pulmones tenía!—, ocupante de la misma, y se la enseñó a su marido. Florencio Peñaranda ni siquiera pudo reaccionar, porque en ese mismo instante se oyó un formidable estruendo en la entrada. Alguien acababa de dar un portazo capaz de derribar la casa.

Los dos, y ella con la niña en los brazos, corrieron hacia el vestíbulo.

—¡Le mato! ¡Le mato! —gritaba Fede congestionado—. ¡Iba a jugar... estaba en el equipo, y lo ha echado todo por la borda! Pero... ¿está loco o qué? ¡Hay que encerrarle, es peligroso!

La puerta volvió a abrirse y a cerrarse con estrépito. Ahora era Lidia.

—¡Oooooh...! ¿Dónde está? —tenía la cara roja y los ojos llenos de lágrimas—. ¡Me ha comprometido con ese cretino, y encima ha venido Marta y me ha dado una bofetada... a mí! Pero... ¿cómo ha podido pensar que yo me interesase por semejante bobo?

—... Y el entrenador ahora no me cree —siguió Fede—. Insiste en que lo hago para jugar, y dice que estoy enfermo, muy enfermo... ¡Ha hecho el equipo de nuevo! Y por si faltara poco, su hija se me ha declarado... ¡a mí!

—... ¡No voy a poder volver a mirar a nadie a la cara, porque mañana esto lo sabrá todo el mundo!

—continuó Lidia—. ¡Y ha escrito un poema horrible diciendo que yo...!

Con el griterío, la niña redobló sus lágrimas. Por detrás de Florencio Peñaranda y de su esposa salieron Leoncia de Puigdevalls, su prima Eduvigis y su amiga Leocadia.

Alguien llamó a la puerta.

Sin dejar de vociferar, Lidia y Fede la abrieron casi al unísono. En el umbral apareció Ricardo Sospedra, el director del banco. El hombre les abarcó a todos con una mirada crepuscular, y luego avanzó hasta llegar frente a su interventor.

—Ánimo, señor Peñaranda —dijo—. ¡Que no cunda el pánico!

Antes de que Florencio Peñaranda pudiera contestar, alguien más entró por la puerta abierta.

Era el cura de la parroquia más cercana.

—¡Loado sea Dios, padre! —se escuchó la voz de la presidenta de las Damas de Acción Directa—. Pase, pase —y señalando al propietario de la casa, dijo—: ¡Es él! Su ayuda nos será muy valiosa y le agradezco que haya respondido tan rápidamente a mi llamada.

El cura no tuvo tiempo de hacer otra cosa que echarse a un lado, porque por detrás de él apareció una pareja de guardias civiles sosteniendo cada uno un saco con una mano, y con las otras dos, bien custodiado por ambos, a un muchacho de rostro pícaro y mirada huidiza.

—¿Casa de los señores Peñaranda? —preguntó
el que parecía mayor—. Hemos pillado a este ber-
gante con ropa suya y una cubertería de plata. Él
insiste en que se lo han regalado todo, pero... ya
conocemos el paño, ¿saben? Bastará con una comprobación...

El que hablaba dejó de hablar para participar del
estruendoso silencio desatado en el vestíbulo,
e intervenir en la batalla de miradas cruzadas
existente.

Fede y Lidia miraban la ropa del muchacho flan-
queado por los guardias civiles.

Las Damas de Acción Directa miraban al cura.
El cura miraba a Florencio Peñaranda.

Florencio Peñaranda miraba a la niña que su
mujer sostenía en los brazos. Desde luego no era
Olvido.

El director del banco miraba a los guardias civiles, pálido.

Y la madre de Lamberto miraba a la puerta.

Un torbellino histérico en forma de mujer entraba
en este momento por ella, enarbolando, más que
sosteniendo, a una niña de pocos meses en brazos.
Nada más verla y casi de un salto se plantó ante ella.

—¡Usted! —gritó—. ¿Por qué me ha robado a mi hija?

Le puso a Olvido en los brazos y cogió a su retoño.

—¿No le da vergüenza? —continuó gritando la recién llegada—. ¡Si su hija es fea o tiene una tara física, se aguanta, pero no tiene derecho a ir por ahí cambiándola por otra! ¿Qué se ha creído?

Al berrinche de la niña desconocida se sumó ahora el de Olvido.

Y de pronto todos se pusieron a hablar al mismo tiempo.

Fede y Lidia de la ropa del detenido, y del partido de fútbol, y de Cristina Pons, y de Eduardo y Marta. El cura y las Damas de Acción Directa de las acciones directas a emprender, porque estaba claro que toda la familia era víctima del alcohol. El director del banco asegurándoles a los guardias civiles que todo estaba bajo control. Las dos madres, a grito pelado, sobre cuál de las dos pequeñas era más guapa y más fea y lo feo que era el secuestro y lo faltos que estaban los manicomios de gente.

En mitad de la refriega verbal, nadie se dio cuenta de que Mariano se escabullía y desaparecía en la noche, con los talones tocándole la espalda de lo mucho que corría.

Florencio Peñaranda cerró los ojos.

No necesitaba preguntar, ni pensar, ni imaginar. Ya, no.

De sobra sabía que todo aquello tenía un nombre.

Y cuando lo pronunció, lo mismo que un alud que naciera lentamente para acabar arrollando todo a su paso, todos los presentes se callaron de golpe.

Tan fácil como:

—¡¡¡¡Lambertoooooo!!!!

24

LAS paredes de la casa retumbaron, y Lamberto, que en este punto exacto estaba saltando por la ventana, se detuvo en seco.

Era una situación comprometida que merecía reflexión.

Y urgente, por encima de su mar de dudas.

Lo había oído todo desde su habitación, primero sin entender nada, y luego, aunque seguía sin entender nada, comprendiendo que... por el motivo que fuese, algo había salido mal.

Y cuando algo salía mal...

Se sintió víctima, mártir, héroe venido a menos, traicionado por el destino... todo. Lo único que él pretendía era ayudar. Y mucho se temía que ahora...

Además, ¿cómo iba a saberlo él? La culpa era de ellos, que nunca se explicaban bien. Estaban todos locos. Su madre decía que su padre era un alcohólico, su hermana no se aclaraba en lo de querer a uno o a otro, su hermano decía que era capaz de todo y luego... ¡Y lo del cochecito de Olvido! Estaba

seguro de haber cogido el que estaba junto a la puerta en la pastelería. Claro que si la mujer había empujado el suyo para poner el que llevaba en el mismo sitio... ¿Y cómo iba a saberlo? ¡No podía pasarse el día comprobando si Olvido tenía la misma cara! Y...

Y tenía un dolor de estómago de primera, por la indigestión de pasteles y dulces.

Y aún faltaba lo del cristal de don Ubaldo, que no tardaría en llegar.

—Yo creía que hacer el bien era estupendo —musitó con fastidio—. Y me gustaba eso de ser rico, y...

El segundo grito de su padre hizo que la casa se estremeciera de nuevo, con más fuerza. Consideró la única alternativa: salir por la ventana y escapar de casa, marchándose al extranjero o regresando al día siguiente tras asegurar que había sido secuestrado por una banda internacional de delincuentes, o entregarse a la justicia inmediatamente para acabar cuanto antes.

Miró su habitación y acabó suspirando, infortunadamente.

Poco a poco echó a andar hacia la puerta. Sabía que tras ella se desataría un infierno, explicaciones, preguntas, un lío espantoso...

—Pensaba que éste sería un día muy bueno —se dijo—, y en el fondo ha sido un día de lo más tonto.

INDICE